Audren

Les orphelines d'Abbey Road

2. Le monde d'Alvénir

l'école des loisirs
11, rue de Sèvres, Paris 6e

Note de l'auteur

À la fin de ce livre, vous trouverez un rappel des personnages et des lieux évoqués dans le tome 1.

Loi n° 49.956 du 16 juillet 1949 sur les publications destinées à la jeunesse : mars 2013
Dépôt légal : mars 2013

ISBN 978-2-211-21347-9

À mes amis, les Abbeyreaders

Le propre de l'aventure,
c'est d'avancer sans savoir où l'on va.
En cela, nous sommes tous des aventuriers.

1

Appleton. Je reconnaissais ma ville. Avant que mes parents ne disparaissent, nous avions vécu tous les trois ici, dans une petite rue bordée de poiriers du Japon, juste à côté de la rivière. Depuis, la façade de l'école avait été repeinte en jaune, la boulangerie était devenue un office du tourisme, la rue principale avait été pavée et le grand arbre devant la mairie, abattu. Comme je regrettais cette ville, comme je regrettais la vie douce, les choux à la crème du dimanche… les câlins de ma mère, le rire de mon père.

Le cocher fit une halte dans la rue commerçante, devant le débit de boissons, et chargea des caisses de jolies bouteilles de verre remplies d'eau minérale. Je lus à haute voix :

– Eau du glacier.

J'étais pourtant seule dans la calèche. Personne ne pouvait m'entendre. Je parlais sans doute pour me rassurer. C'était la première fois que je voyageais sans autre accompagnateur qu'un cocher. Je rêvai un instant en fixant le bout d'Easton Road. Je les vis, Papa, Maman… Ils marchaient vers moi, ils souriaient, ils venaient me chercher. Maman tenait son grand chapeau pour éviter que le vent ne la décoiffe. Il faisait beau. Tout était beau.

Le cocher chargea toutes ses caisses de bouteilles et reprit sa place. Il dit un mot à son cheval. Je compris « balayette » et souris à l'idée que l'animal ait démarré en entendant cela. Nous passâmes devant la mercerie. Tous ces rubans de couleurs, ces cols en dentelle, ces perles, ces boas de plumes soyeuses dans la vitrine me rappelaient les longs arrêts que je faisais ici avec Maman. Elle discutait des heures avec la propriétaire de la boutique, Miss Fallinton, tandis que je jouais à trier des boutons, des galons, des lacets, des écussons par couleurs et par tailles. J'avais six ans et jamais je n'aurais pensé à l'époque qu'un mois plus tard j'habiterais un orphelinat. Depuis, j'avais pris l'habitude de me forcer à ne jamais faire de projets. Je savais désormais que tout était fragile et que nous ne décidions pas grand-chose dans nos vies. Je préférais me laisser surprendre qu'essayer de réaliser mes rêves.

Comme je trouvais mon uniforme trop gris et très

peu élégant, j'avais mis, avant de partir chez mon amie Margarita, la robe de demoiselle d'honneur que je portais au mariage de ses parents, Dawson et Aglaé. Mais sœur Ethelred m'avait obligée à l'ôter.

– Vous manquez de sobriété, Joy. Vous êtes invitée chez votre camarade, pas au bal, enfin !

J'avais alors fait semblant d'obtempérer. En réalité, j'avais enfilé ma jupe et mon pull habituels par-dessus ma belle robe et j'étais passée humblement devant sœur Ethelred qui continuait, malgré les instructions de Lady Bartropp, à nous réprimander en toutes circonstances.

– Je préfère ça, avait-elle dit, mais coincez-moi cette petite mèche sous une barrette. Votre coiffure est négligée.

J'avais embrassé mes amies Prudence, June, Hope et Ginger. Je leur avais promis de tout leur raconter à mon retour et je m'étais installée sagement dans la calèche que Lady Bartopp avait fait venir pour moi, du château de Sulham. Cependant, à quelques centaines de mètres de l'orphelinat, j'avais retiré mon uniforme et l'avais fourré, sans le plier, dans mon sac à coulisse, en souriant. Il était si rare de pouvoir aller contre les ordres de sœur Ethelred. J'avais eu la sensation d'être libre et plus vivante que jamais. Nous avions si peu souvent l'occasion de nous sentir jolies.

J'aperçus Miss Fallinton dans sa mercerie. J'aurais tant aimé la saluer, mais sœur Ethelred avait recommandé au cocher de ne pas me laisser descendre de la calèche avant notre arrivée au château de Sulham, et je ne voulais pas poser de problème à cet homme qui grinçait comme une vieille porte à chaque fois qu'il grimpait sur son siège de chauffeur. Il était maigre, ridé, voûté, tout buriné. Sur son banc en plein air, il avait sans doute trop pris le vent, la pluie et le soleil du Finnsbyshire. J'agitai donc les mains à la porte de la calèche en espérant attirer le regard de la mercière.

– Hé ! Ho ! Miss Fallinton ! hurlai-je. C'est moi, Joy !

Elle semblait s'ennuyer dans sa boutique. Elle se tenait juste derrière sa porte en verre et regardait la rue. Mais elle ne me vit pas, ou peut-être ne me reconnut-elle pas. Il me sembla que mon passé ne voulait plus de moi. Je traversais la ville comme on se repasse un souvenir. Je ne pouvais être que spectatrice. Je ne faisais plus partie du tableau, je me demandais même si je ne m'étais pas finalement assise dans une invisible machine à remonter le temps.

Je me sentis frustrée de ne pouvoir exister de nouveau dans ma ville. J'étais exclue du monde de ma petite enfance. Une partie de moi était un peu morte, en fait. Comme mes parents, moi aussi, j'avais disparu d'Appleton. Tout avait continué sans nous pendant que je grandissais à l'orphelinat. Qui va à la chasse perd sa place, pensai-je. J'hésitai à demander au cocher de nous conduire devant mon ancienne maison, mais j'avais peur d'arriver en retard chez Margarita. J'étais si contente de la revoir.

« Balayette », répéta encore le vieil homme, et le cheval reprit son trot.

Margarita avait quitté l'orphelinat pour s'installer le mois dernier chez ses parents. Dawson avait donc cédé son poste et sa maison de jardinier à un homme bien moins sympathique que lui, Sir de Grevelin. Ce noble sans fortune et sans famille, né dans le nord du pays, refusait qu'on l'appelle par son prénom, fuyait notre compagnie et celle des sœurs, mais s'appliquait à faire son travail de manière consciencieuse, sans doute pour que sœur Alarice n'ait jamais rien à lui reprocher et pour éviter toute conversation. Il semblait si bougon et si sauvage. Il portait d'épaisses lunettes de verre fumé, même les jours sans soleil. Ses gros sourcils bruns se rejoignaient au-dessus de son nez. Les coins de sa bouche et ses deux bajoues tombaient en permanence, me laissant penser que l'ensemble de son corps avait sans doute été soumis à trop d'attraction terrestre. Sœur Ethelred ne supportait pas le manque de manières du jardinier. Elle le trouvait « peu civilisé », tandis que De Grevelin, lui, semblait de toute façon haïr l'intégralité de la race humaine, sans faire d'exception pour ceux qui lui ressemblaient.

Dawson me manquait beaucoup, il était un peu notre père, et son départ avait provoqué de gros chagrins parmi les orphelines. Toutes les filles enviaient désormais Margarita d'avoir un vrai papa. J'avais beau me répéter que mon père à moi n'était sûrement pas mort, j'avais connu également quelques soirs de sanglots après le départ de Dawson. Je pleurais aussi Margarita, ma meilleure amie, ma grande sœur, ma confidente.

J'avais donc attendu ce jour de retrouvailles au château de Sulham avec plus que de l'impatience. Je ne pensais qu'à cela. La vie à l'orphelinat était si triste et sans surprise que l'annonce de cette escapade avait accaparé tout mon esprit, ne m'autorisant plus qu'à anticiper chaque minute de ce moment précieux. Au grand désespoir de sœur Ethelred et de mes professeurs, j'avais passé mes journées de classe à rêver et mes nuits à imaginer le château de Sulham, la chambre dans laquelle je dormirais, le visage de Margarita lorsque je lui offrirais l'ours que je lui avais cousu en cachette avec le tissu d'un vieux torchon qu'une sœur avait oublié dans notre salle de bains. Le nounours, baptisé Margarito par Hope, était presque aussi mignon que mon lapin Smile, mais beaucoup moins doux. Je lui avais brodé deux yeux un peu tristes et une petite truffe noire. Il semblait réclamer des câlins... comme nous toutes à l'orphelinat. Des bras rassurants, de gros baisers de mes parents, de la chaleur et du contact physique : tout cela me manquait énormément. J'en avais parlé à June, qui m'avait immédiatement serrée très fort dans ses bras, mais elle trouvait toujours des raisons pour me serrer très fort dans ses bras. June avait avoué à plusieurs reprises qu'elle n'aimait pas les garçons. Son « penchant pour les filles » était sans doute, en fait, ce manque de chaleur physique qu'elle compensait en se rapprochant des seuls êtres vivant à l'orphelinat : des filles.

J'avais imaginé aussi les repas qui nous seraient servis, les promenades que nous allions faire dans le parc du château, la salle de bains où je pourrais peut-être prendre un vrai bain et les heures de discussion avec Margarita. J'envisageais l'intégralité des dialogues, j'étais Margarita et moi à la fois, mais également sa mère, Aglaé Bartropp. Elle s'était mariée avec Dawson, mais avait préféré garder son nom de jeune fille. Son patronyme était connu dans toute la région.

Il lui assurait trop d'avantages pour devenir une Von Straten, comme son mari et sa fille, m'avait expliqué Margarita. Lorsque je pensais à Dawson, je n'imaginais que son regard gentil, bienveillant et un peu moqueur posé sur moi. Pas de mots ni de questions. Dawson n'avait pas besoin de parler. Il nous accompagnait comme une sorte d'ange gardien rassurant et silencieux. C'était sans doute pour cette raison qu'il nous manquait à toutes. Nous ne nous sentions plus protégées depuis qu'il avait quitté l'abbaye.

La calèche roulait à vive allure sur les petites routes sinueuses du Finnsbyshire. À perte de vue, des collines et des moutons, ces petits cumulus tachetant les prairies. Parfois quelques vaches, parfois un clocher, un village, des maisons à colombages, des vergers, quelques champs cultivés et les vagues lentes du vent sur la crête des blés blonds, les parfums de la campagne. J'étais si heureuse d'entreprendre ce voyage que tout me semblait parfait. D'ailleurs, tout était parfait.

Qu'il avait été rare ce sentiment de plénitude, de bonheur idéal depuis que je vivais chez les sœurs, depuis que mes parents avaient disparu !

Malheureusement, dès que je repensais à eux, cette plénitude se teintait de gris.

La calèche bifurqua dans une grande allée bordée de chênes et de séquoias. Il fit plus frais, l'odeur de la sève des grands arbres devint entêtante, le chant des oiseaux résonnait plus fort. J'arrivais dans un rêve, un conte de fées, je roulais sur une allée princière. Je passai la tête par la fenêtre. Le soleil tout au bout de la voûte d'arbres brillait si fort que je dus plisser les yeux.

– On arrive, miss Joy ! dit le chauffeur de sa voix burinée. Chez lui, tout était buriné. L'érosion de la vie, sans doute.

Mon cœur battait la chamade, mes mains devinrent glacées, je m'assurai que mon sac était bien fermé, que mes chaussures étaient correctement lacées, que ma robe n'avait pas pris de mauvais plis. J'aplatis mes cheveux avec la paume de la main. Je sortis un minuscule miroir que June m'avait prêté et vérifiai la blancheur de mes dents une à une. J'avais très peur de ne pas être à la hauteur. Dans les châteaux, on ne trouvait que des princesses et des fées, et, malgré ma robe de demoiselle d'honneur, je n'étais rien de tout cela.

2

Margarita courut vers la calèche, qui roulait encore, en agitant les bras dans tous les sens. Elle souriait, elle dansait presque en avançant.

– Joy ! Joy ! Ma Joy ! hurlait-elle. Bienvenue !

Aglaé se dirigeait également vers moi, beaucoup plus calmement. Elle souriait elle aussi.

Margarita me força à descendre avant l'arrêt total du fiacre. Elle me tira le bras si fort que je tombai dans les graviers blonds de la cour du château.

Aglaé fit remarquer à Margarita que ses manières n'étaient pas dignes d'une jeune fille de son rang.

– Mon rang de quoi ? demanda Margarita. Mon rang d'oignons !

Et elle éclata de rire. Sa mère ne put contenir un petit gloussement et tourna le visage pour rester digne.

– Oh ! allez, Maman, ne fais pas ta grande dame ! s'écria Margarita. Joy est là ! Ma sœur est là ! Tu te rends compte ! C'est un jour de fête. Tu peux te décontracter un peu, non ?

– Ta sœur ? Ah, je ne savais pas que j'avais mis deux filles au monde ! C'est étrange, nous faisons parfois des choses sans nous en rendre compte. Remarque, ça ne me gênerait pas d'avoir une autre fille aussi mignonne que Joy. Elle m'a l'air beaucoup plus sage que toi, Margarita, répondit la grande dame en riant.

Le cocher rit lui aussi et conduisit son cheval à l'écurie en répétant : « Balayette, balayette. »

Je fus tout de suite conviée à passer à table. Devant l'abondance et la délicatesse des mets, je demandai tout bas à mon amie :

– Est-ce un repas de fête ou est-ce que vous déjeunez tous les jours comme ça ?

– Il va falloir t'y faire, ici, on mange ! Et c'est comme ça trois fois par jour ! s'exclama Margarita, l'air coquin. Regarde comme j'ai grossi. Elle remonta sa jupe pour me montrer ses cuisses qui me parurent à peine moins maigres que le mois dernier.

– Sidérant, dis-je, l'air ironique. Tu es obèse.

Margarita sortit de table brusquement. Je crus que je l'avais vexée. Elle revint les bras chargés de boîtes.

– Cadeaux ! s'écria-t-elle.

Je me réjouis :

– Des sablés parisiens ! Comme ceux que l'on mangeait en cachette dans le dortoir !

– Tu en offriras à toutes nos copines, n'est-ce pas ? Mais tu les planques. Sœur Jennifer, la voleuse, n'est jamais loin…

Dawson nous rejoignit à table. Comme je l'avais prévu, il ne dit pas grand-chose. Il me fixait et ses yeux si gentils exprimaient son bonheur de me voir attablée avec eux.

– Combien de jours resteras-tu chez nous ? demanda-t-il pour ne pas rester complètement silencieux.

– Cinq jours si ça ne vous dérange pas, répondis-je timidement. C'est ce qu'ont dit les sœurs en tout cas.

– Tu peux rester chez nous aussi longtemps que tu voudras, répliqua Margarita.

Comme j'ouvrais de grands yeux surpris et enchantés, elle se reprit, l'air amusé :

– Enfin, dans la limite du raisonnable…

– C'est quoi, la limite du raisonnable ? demandai-je tout bas.

– Des mots pour dire qu'on ne fait pas toujours ce qu'on veut, chuchota Margarita. Bon sang, ce que j'aimerais que tu retrouves tes parents et que tu quittes pour de bon l'enfer d'Abbey Road !

Lady Bartropp nous fit remarquer que nous y allions sans doute un peu fort, et qu'elle avait tout fait pour que l'orphelinat soit un lieu agréable et propice au bon développement des enfants. Elle reconnut que les sœurs n'avaient pas forcément suivi ses conseils. Il était difficile de s'opposer continuellement aux exigences obtuses de sœur Ethelred, mais Aglaé tenait à ce que l'on lui accorde qu'elle avait mis un point d'honneur à améliorer nos conditions de vie. Elle précisa :

– Sœur Ethelred a dû se calmer, tout de même. Je lui ai fait la leçon à plusieurs reprises, j'ai aussi ordonné des changements de menu, un emploi du temps plus ludique. Et même si je ne viens plus chaque mardi depuis que Margarita vit avec nous, vous devez savoir que je continue à surveiller vos vies de près.

– Sœur Ethelred continue pourtant à nous maltraiter, dis-je.

– J'en étais sûr ! s'exclama Dawson. Cette femme est une méchante sorcière. C'est bizarre que Dieu l'ait prise sous son aile… À mon avis, c'est un agent double.

Aglaé soupira.

– La vie n'est pas toujours facile !

– La vie n'est jamais facile, répondis-je.

– Philosophe ? demanda Dawson

– Presque orpheline… rétorquai-je.

– Moi, j'étais carrément orpheline, alors tu sais… Parfois on a de sacrées surprises et la vie devient facile, me confia Margarita.

– Si tu le dis… soupirai-je.

Une domestique apporta un énorme gâteau tout blanc, tout crémeux sur lequel il était écrit à la crème chocolatée :

– Joyeux non-anniversaire Joy !

– Lewis Carroll ! m'exclamai-je. Je suis Alice !

– Ce que tu as vécu au pays d'Alvénir est tout aussi magique et effrayant que ce qu'a vu Alice de l'autre côté du miroir, me dit Dawson.

– Ça alors ! Vous nous croyez maintenant ? Vous admettez que nous n'avons rien inventé ? m'étonnai-je.

– Ma sœur Eulalie n'est pas revenue d'Alvénir, dit Aglaé gravement. Et j'ai du mal à croire qu'il lui soit arrivé quelque chose entre le potager et le dortoir de l'orphelinat. J'ai fini par me faire à l'idée que ce que tu disais, Joy, était vrai. Je trouve cependant qu'Eulalie met un temps considérable à expliquer les notions de plaisir et de bonheur à cette femme-chouette dont vous nous avez tant parlé.

– La Grande Chouette, précisai-je. Elle a beaucoup de pouvoir en Alvénir, mais elle n'a de chouette que le nom. Elle ressemble à une femme normale, je vous assure.

– N'empêche qu'elle séquestre ma sœur depuis plus de trois semaines, cela me paraît bien long.

– Peut-être que le temps ne passe pas de la même façon en Alvénir, suggérai-je, et puis ce n'est pas évident d'enseigner le bonheur à ceux qui ne l'ont jamais connu. Ce doit être long.

– Philosophe ! C'est bien ce que je disais ! affirma Dawson.

J'expliquai que Margarita m'avait appris à penser, à ne pas me laisser faire, à construire ma liberté avec mes idées.

– À l'orphelinat, Margarita nous manque à toutes, ajoutai-je.

– Pas aux jumelles, quand même ? demanda mon amie.

– Personne ne peut manquer à Louiséjessalyn. Je me demande même si le fait d'être orphelines les dérange vraiment, dis-je.

Dawson découpa le gâteau et me servit une énorme part crémeuse. Je crois que je n'avais jamais mangé un dessert aussi riche. La crème vanillée onctueuse se mariait parfaitement à la génoise chocolatée, légère, presque aérienne mais corsée. Des framboises avaient coloré la crème de filets rosés et des copeaux de chocolat noir éparpillés sur le nappage croquaient sous la dent.

– Penses-tu que nous pourrions aller chercher ma sœur en Alvénir ? demanda Aglaé.

Alvénir. Avec mes amies, j'avais fait là-bas le plus curieux et le plus inquiétant de tous mes voyages. Depuis, je rêvais souvent du petit bois de l'abbaye et du grand sapin mort dont la cime nous annonçait le passage d'un monde à l'autre. Je repensais à la source cachée dans la clairière, au milieu des bruyères colorées. Nous avions eu du mal à rapporter de l'eau pour guérir Prudence de sa brûlure, car il avait fallu lutter contre le gardien Alfébor, ce hibou acariâtre. Les papillons verts, annonçant l'arrivée et le départ de la Grande Chouette, dansaient encore dans ma tête et dans la brise, avant de fondre une fois encore, comme des flocons sur le sol tiède. Depuis mes escapades dans le monde d'Alvénir, j'étais habitée par ces images fortes et féeriques, mais je restais un peu effrayée à l'idée de retourner dans un lieu si peu rassurant.

– Mais comment voudriez-vous la retrouver là-bas, demandai-je à Aglaé. Je n'ai vu ni village ni maison en Alvénir. J'ignore s'il s'agit d'une grande contrée ou juste d'un petit bois. En fait, je ne connais pas grand-chose d'Alvénir. Je sais qu'il s'agit du pays de ce qu'il nous manque et…

– Eulalie me manque ! m'interrompit Aglaé. J'ai le droit d'y aller !

Je découvrais cette grande dame sous des aspects différents. Elle ressemblait désormais à une petite fille. Sa moue, son regard insistant, ses réclamations exigeantes : tout avait l'air d'un caprice. Mais parfois la tristesse crée chez les adultes ce genre de réaction dépourvue de retenue et de sagesse. Le cœur n'est jamais sage et, lorsqu'il s'emballe, l'esprit ne parvient ni à le dominer ni à le dompter. Pour être un véritable adulte, il faudrait avoir en permanence plus d'esprit que de cœur. Cela m'incitait à rester enfant. Quel ennui que de devoir toujours maîtriser ses émotions ! De toute évidence, Aglaé souffrait de l'absence de sa sœur. Cette souffrance la rendait attachante, fragile. J'avais soudainement bien moins peur d'elle.

– Mes parents me manquent aussi, ajoutai-je. Nous pourrions aller toutes les deux en Alvénir. Mais pour cela, nous avons absolument besoin de Ginger. Elle est la seule à pouvoir nous y conduire.

– Et moi ? Tu m'oublies ou quoi ? s'énerva Margarita. Je veux venir avec vous !

– Toi, il ne te manque plus rien. Et en plus, Ginger ne te laissera jamais l'accompagner, remarquai-je.

Margarita avala furieusement son gâteau et s'en servit une nouvelle part. Elle ne dit plus rien. Elle boudait.

Margarita était une excellente actrice, et il était toujours difficile de savoir si elle était réellement vexée ou si elle prenait simplement plaisir à paraître offusquée.

Je lui demandai si elle jouait la comédie. Dawson pouffa de rire et s'exclama :

– Non, bien sûr ! Ma fille souffre en silence. C'est évident ! Sa vie ici est un calvaire ! N'est-ce pas, ma chérie ?

Margarita avala plus que rapidement sa deuxième part de gâteau et quitta la table en s'écriant :

– Tu viens, Joy ? Je te fais faire un tour du château ?

Elle se précipita vers l'une des portes-fenêtres de la salle à manger et l'ouvrit pour signifier qu'elle était presque partie et que je devais me dépêcher de la suivre.

Aglaé fit remarquer à sa fille qu'elle avait oublié les bonnes manières et qu'elle avait honte de ce comportement. Cependant, on sentait bien qu'elle était, malgré tout, extrêmement fière de sa fille. Elle semblait avoir revu ses principes éducatifs depuis qu'elle avait pris ses fonctions de mère à plein temps.

– Allez, Aglaé, lui dit Dawson, ce n'est pas tous les jours que notre Joy nous fait le plaisir de nous rendre visite. Donne un peu de lest à notre bougonne ! Et toi, Joy, si tu souhaites sortir de table, sens-toi libre !

« Sens-toi libre. » Cette phrase me paralysa quelques secondes. Je ne savais pas me sentir libre. Parfois les gens pensent qu'ils vous font un cadeau en vous offrant de la liberté, mais il arrive que la liberté soit bien plus effrayante que la contrainte. J'aurais préféré que Dawson m'ordonne de suivre Margarita. Son « sens-toi libre » me mettait dans une situation compliquée. D'un côté, je ne voulais pas être impolie et déplaire à Aglaé et Dawson en les laissant finir leur part de gâteau seuls. Depuis que je vivais comme une orpheline, j'avais besoin que l'on m'apprécie bien plus qu'avant. Peut-être était-ce juste parce que j'avais grandi, peut-être essayais-je de combler ainsi le manque d'amour dû à la disparition de mes parents. De l'autre côté, je rêvais de visiter le château avec Margarita qui s'impatientait.

– Tu attends le dégel ou quoi ? me lança-t-elle en fronçant les sourcils.

Oui, j'attendais le dégel. J'étais un peu glacée, un peu coincée, un peu mal à l'aise à cette si belle table, dans ce merveilleux château. J'avais peur de ne pas avoir de bonnes manières, peur de froisser Aglaé, peur de ne plus jamais revenir si je faisais un faux pas. Et comme j'aurais détesté être privée d'une autre visite chez les Von Straten !

– Joy, est-ce que tout va bien ? me demanda alors Aglaé.

Je sursautai. J'avais dû rester quelques minutes le regard dans le vague et la bouche entrouverte, troublée par cette liberté que venait de m'offrir Dawson.

– Oh ! excusez-moi, je rêvais sans doute… Je n'ai pas l'habitude de me sentir libre, avouai-je.

– Tu n'auras pas de mal à changer tes habitudes aux côtés de Margarita, dit Aglaé en souriant. Je crois bien qu'elle n'en fait qu'à sa tête dorénavant.

Je me levai et posai délicatement ma serviette de table en lin brodée sur le dossier de ma chaise. J'essayai d'être élégante et de ne pas me précipiter vers Margarita. J'en mourais d'envie pourtant, mais on ne se débarrasse pas en deux minutes d'une éducation stricte comme celle que nous imposaient les sœurs. J'avais toujours peur de faire un faux pas, de ne pas dire la bonne phrase, d'être punie, privée de dessert, de promenade, de bibliothèque, de tous ces plaisirs que les sœurs nous supprimaient au moindre écart. J'étais conditionnée, je ne savais plus me comporter autrement. Je redoutais la punition alors qu'ici, au château de Sulham, la vie paraissait douce et sans menace.

Je dis :

– Merci pour ce délicieux repas.

Je pliai les genoux en tenant le coin de ma robe pour faire la révérence que j'avais dû apprendre au cours de bonnes manières.

Dawson se leva à son tour, tira le coin de son cardigan et plia les genoux comme je venais de le faire.

– Merci pour ce délicieux repas, dit-il d'une petite voix, tentant de m'imiter.

Aussitôt, Aglaé lui reprocha d'être moqueur et de ne pas mettre les gens en confiance.

– Mais Joy n'est pas « les gens ». Joy est notre amie. Elle me connaît. Elle sait bien que j'aime plaisanter, n'est-ce pas, Joy ?

Je hochai la tête et filai rejoindre Margarita, qui m'attendait dans le parc.

3

Le parc s'étendait sur deux ou trois hectares admirablement entretenus. Cela ne m'étonnait pas quand je repensais au talent de jardinier paysagiste de Dawson.

– Mais mon père n'entretient pas le parc ! s'esclaffa Margarita. Il a des employés. C'est surprenant comme un mariage peut changer une vie.

– Un mariage ou une enfant, dis-je.

– N'empêche qu'ils ont mis du temps à se réveiller, tout de même. J'aurais vraiment préféré grandir ici !

Je lui fis remarquer qu'Aglaé n'avait pas eu la possibilité d'épouser Dawson ni de révéler l'existence de sa fille à qui que ce soit, tant que ses parents étaient en vie.

– Oui, ça aussi, c'est étrange. En fait, la mort de mes grands-parents, que je ne connaîtrai jamais, n'a engendré que des bonnes choses dans ma vie. C'est un peu sordide, non ?

– Ils seraient morts de toute façon, soupirai-je. Tu es ici parce que Dieu l'a voulu.

– Oh ! je t'en prie, tu vas pas recommencer avec tes bondieuseries...

– J'ai du mal à ne croire en rien. Et je ne sais pas qui prier si Dieu n'existe pas.

– Moi, je ne prie pas.

– Comment fais-tu, alors ?

Margarita était déjà loin devant moi. Elle courait à perdre haleine sur l'immense pelouse en remuant les bras dans tous les sens. On aurait dit un pantin fou. Je ne pus retenir un éclat de rire. Cependant, je restais immobile derrière elle, fort décontenancée par son attitude. Effectivement, elle avait changé. Plus rien ne semblait l'embarrasser, la contraindre. Elle hurla :

– Fais comme moi. Yaaahaaa ! Youhouuuuu ! Tu vas voir, ça fait du bien de se défouler. Personne ne nous regarde, allez, vas-yyyyyy !

J'hésitai longtemps, si bien qu'elle avait déjà atteint l'autre bout du parc lorsque je me décidai à l'imiter. Mon essai fut assez timide. Mes bras étaient plaqués le long de mon corps, seuls mes avant-bras effectuaient des moulinets. Mes cris, quant à eux, se limitaient à quelques faibles « haaa ». Je courus vite cependant parce que courir faisait partie des choses autorisées à l'orphelinat. Le reste me semblait un peu trop provocant pour être exécuté sans retenue. Lorsque je rejoignis Margarita sous la voûte que formaient les branches d'un vieux saule pleureur, elle constata :

– Pas trop mal pour un début ! Ça fait du bien, n'est-ce pas ?

Je regardai partout autour de moi. J'avais très peur qu'Aglaé ou Dawson nous aient aperçues. Je me sentais coupable de ne pas m'être comportée comme une jeune fille de bonne famille.

– On est complètement folles ! m'exclamai-je.

Nous continuâmes notre promenade plus calmement et fîmes une halte près du grand étang qui accueillait deux hérons, des poules d'eau et leurs dizaines de minuscules petits flottant comme des guirlandes de pompons noirs derrière leurs mères. Margarita m'avoua que toutes ses amies de l'orphelinat lui manquaient et qu'elle réclamait chaque jour à sa mère de nous rendre visite. Aglaé pensait que ces entrevues auraient pu nous rendre tristes ou envieuses puisque nous n'avions pas eu la chance de vivre un conte de fées comme elle. Pour cette raison, elle préférait espacer nos rencontres. Cependant, Dawson, lorsqu'il allait à la ville voisine pour voir son cousin, passait parfois à l'orphelinat déposer des caisses de fruits des vergers du château. Il relatait alors à Margarita les moindres changements survenus dans son ancienne demeure. Margarita voulut que je lui décrive à mon tour le nouveau jardinier. Elle souhaitait s'assurer que le portrait que lui en avait fait Dawson était juste.

– Il est très moche et très désagréable, malpoli et bougon, dis-je. Et puis il a toujours l'air de mijoter un sale coup. Il n'est pas rassurant. June l'appelle « le fou ».

– Je suis bien contente de ne plus vivre là-bas. J'aimerais bien que mes parents t'adoptent…

– Ils ne peuvent pas m'adopter ! Tu oublies que mes parents ne sont sans doute pas morts.

– On pourrait t'accueillir en attendant qu'ils reviennent…

– Ce ne serait pas juste pour Prudence, June ni les autres. Je ne pourrais pas leur faire ça.

Nous revînmes au château. Je visitai des dizaines de pièces plus belles et plus grandes les unes que les autres, du chintz ornait les murs, de lourds rideaux de velours étaient retenus par des cordons tressés de fils dorés. J'étais fascinée par les grands lustres en verre et les portraits gigantesques des ancêtres de Margarita. Je crus reconnaître mon amie sur l'un des tableaux, mais il s'agissait en fait de son arrière-grand-mère à l'âge de seize ans.

– Alors là, tu ne peux pas avoir de doute sur le fait qu'Aglaé Bartropp est bien ta mère !

– Même si j'en avais, pour rien au monde je n'échangerais ma place de fille-d'Aglaé-et-de-Dawson. Je suis si heureuse ici.

La chambre de Margarita ressemblait à un nuage blanc. Le duvet, l'oreiller, le fauteuil, la tête du lit, tout semblait floconneux et molletonné. Je rêvais de me vautrer sur son lit et de refermer les rideaux en plumetis du baldaquin.

– Qu'est-ce que t'attends ? Fais-le ! me dit Margarita avant même que j'aie exprimé mon souhait.

Elle me connaissait si bien ! Je me déchaussai, vérifiai qu'aucun adulte ne surveillait les alentours et pris mon élan pour sauter au milieu du duvet de plumes.

Margarita ferma les rideaux du baldaquin et s'allongea à côté de moi.

– La vie est belle, n'est-ce pas ? dit-elle.

– La vie est blanche, répondis-je.

J'avais du mal à dire que la vie était belle. Certains courts instants de la vie étaient beaux, mais cela ne m'autorisait pas à généraliser cette idée à toutes les minutes de notre existence qui, à l'orphelinat, défilaient souvent sans bonheur.

Au château de Sulham, chaque moment de mes vacances fut une goutte de paradis. Aglaé et Dawson s'occupèrent de moi avec beaucoup d'attention et de gentillesse. On m'emmena même acheter une nouvelle robe à Appleton.

– Ainsi, tu ne seras plus obligée de porter ta robe de demoiselle d'honneur toute la semaine, dit Aglaé.

Je pris cela pour une offense. Margarita, qui lisait dans mes pensées, me rassura immédiatement :

– Ma mère est gentille. Juste gentille, chuchota-t-elle. Elle ne sous-entend pas que tu es mal habillée. Il faut t'habituer à la gentillesse des adultes. Je sais, c'est difficile. Moi aussi, j'ai mis du temps à comprendre que personne ne me voulait de mal ici.

Cette fois, je demandai à Aglaé si le cocher pouvait passer devant la maison de mon enfance, mais j'eus du mal à la reconnaître. J'hésitai entre trois jolies chaumières identiques. Je ne me souvenais plus du numéro de la rue.

– Moi je sais ! me dit Aglaé, car tes parents louaient cette maison à mon frère. C'est celle-là !

Elle désigna la maison de droite, autorisant ainsi mes souvenirs à resurgir de façon plus précise. Curieusement, je n'éprouvais aucune nostalgie, aucune tristesse. J'étais heureuse d'avoir pu revoir et sentir ce que j'avais effacé de ma mémoire. L'arbre devant la fenêtre de la cuisine, la glycine sur la maison et cette odeur si particulière de café puisqu'une brûlerie était installée au bout de la rue.

Les vacances au château de Sulham furent à l'image de la chambre de Margarita, ensoleillées, molletonnées, moelleuses et douillettes. J'avais en permanence cette sensation d'abondance et de grand confort. J'aurais dû m'installer dans une immense chambre d'amis située à l'autre bout du château, mais je n'avais pas l'habitude de dormir seule et cette idée m'avait effrayée. Aglaé l'avait immédiatement senti. Ici, tout le monde me comprenait sans même que j'aie besoin de parler. On m'avait donc proposé un lit à côté de celui de Margarita.

Mais plus je restais en compagnie de Dawson et d'Aglaé, plus mes parents me manquaient. Margarita avait tant de chance. Je l'enviais sans la jalouser, car j'étais persuadée au fond de moi que mon tour arriverait, que mes parents aussi viendraient me chercher un jour. Sans doute était-ce aussi ma visite à Appleton qui avait réactivé avec un peu de retard mon chagrin et l'envie obsédante de retrouver mes parents. Un soir, je me mis à pleurer dans mon lit.

– Ils me manquent ! sanglotai-je.

– Alvénir, c'est la solution, répondit Margarita un peu sèchement.

Elle aimait tant prendre ses airs de professeur et m'enseigner des choses. Puis elle vint s'asseoir sur le bord de mon lit.

– Tu crois que je pourrais les retrouver là-bas ? demandai-je.

– N'est-ce pas le pays de ce qui nous manque ?

– Tu as sans doute raison, mais j'ai un peu peur de revoir la Grande Chouette. Elle pourrait me garder prisonnière avec ta tante.

– Au moins, Eulalie serait avec toi ! ricana Margarita.

– Ce n'est pas drôle, remarquai-je. Pourquoi ris-tu de ça ?

Margarita essaya de reprendre son sérieux, mais plus elle se concentrait pour avoir un visage impassible, plus son fou rire la gagnait. Elle gloussait bêtement en répétant :

– Pas drôle du tout, pas drôle du tout… Hi, hi, hi !

Un peu plus tard, son rire contagieux m'avait envahie. J'étais secouée de spasmes et peinais à reprendre mon souffle, mes yeux pleuraient, j'avais mal aux mâchoires. Je ne pouvais plus m'arrêter.

Je ne me souvenais même plus de ce qui avait déclenché cette euphorie, car maintenant tout me semblait hilarant. Le début de la nuit fut donc très joyeux. Parfois on a juste besoin d'être heureux et de rire pour rien.

4

Tous les jours, lorsque nous étions à table, Aglaé évoquait son envie d'aller chercher sa sœur en Alvénir.

– Mais c'est une véritable obsession ! s'exclama Dawson. Si tu y vas, je viens avec toi. Je ne voudrais pas qu'il t'arrive la même chose qu'à Eulalie.

Je devais tempérer l'enthousiasme d'Aglaé. Nous n'avions aucune certitude de pouvoir retourner facilement dans le monde d'Alvénir. Il fallait d'abord convaincre Ginger et il fallait aussi que ses voix la suivent ce jour-là, puisqu'il semblait que, sans elles, notre amie ne pouvait ouvrir les portes de ce monde parallèle. Cependant, plus je parlais d'Alvénir, plus j'avais moi aussi envie d'y retourner. Mes parents me manquaient tant. J'espérais que je pourrais obtenir là-bas des indications pour les retrouver.

– Si tu y vas, je viens avec toi, dit à son tour Margarita.

Elle refusait d'enregistrer que Ginger ne l'emmènerait certainement pas en Alvénir. J'avais décidé de ne plus réagir. Cela n'aurait rien changé. Certaines personnes n'entendent que ce qui leur plaît. Margarita avait parfois cette tendance. Je lui conseillai tout de même de tenter de convaincre Ginger. Elle répondit fièrement :

– Facile !

Aglaé lui fit remarquer qu'il ne fallait pas avoir l'air si sûre de soi. Un peu de modestie s'imposait chez toutes les jeunes filles comme il faut.

– Ça change quoi, d'être modeste ? demanda Margarita. Et c'est quoi, « être comme il faut ? »

Dawson, qui était en train de boire du vin, éclata de rire et s'étouffa pendant quelques secondes. Aglaé lui tapa dans le dos, tandis qu'il toussait bruyamment.

– Tes questions ont bien failli tuer ton père, Margarita ! s'exclama Aglaé en souriant.

Margarita réitéra sa question :

– Alors ça sert à quoi d'être modeste ?

– Cela sert à ne blesser personne, commença Aglaé.

– Évidemment, si tu te tais et si tu restes dans ton coin, tu ne risques pas de blesser qui que ce soit, l'interrompit Margarita.

– Être modeste ne signifie pas rester dans son

coin, expliqua Aglaé. Mais tu as l'air trop sûre de toi, Margarita. Sois sûre de toi mais ne le montre pas ! C'est ainsi que font les jeunes filles comme il faut.

– Et les mères comme il faut, tu crois qu'elles se marient avec leur jardinier et qu'elles rêvent d'aller chercher leur sœur dans un monde parallèle ? Tu me fais de drôles de leçons, Maman. Tu joues à la dame, en fait.

Dawson acquiesça.

– Oui, oui, ça, elle le fait très bien. C'est une excellente comédienne.

Nous décidâmes que les trois Von Straten me ramèneraient à l'orphelinat à la fin de mes vacances, et que nous ferions tous ensemble une tentative de voyage dans le monde d'Alvénir.

– C'est excitant ! déclara Aglaé en secouant ses longues mains, mais ça me fait quand même très peur.

Aglaé dit qu'il ne fallait surtout pas mettre les sœurs au courant de nos projets. Elles risquaient de faire la vie dure à Ginger si elles se rendaient compte de la nature de ses pouvoirs.

– De toute façon elles disent que Ginger est « dérangée » et elles nous font déjà la vie dure à toutes. Ça ne changerait donc pas grand-chose, expliquai-je.

– Cela pourrait être bien pire, dit Aglaé. De nombreux orphelins vivent dans des conditions atroces. N'oubliez pas que je fais de mon mieux pour que vous mangiez à votre faim et que vous ayez un lit confortable et une bonne éducation.

Je m'empressai de remercier Aglaé pour son soutien financier et m'excusai d'avoir critiqué l'orphelinat.

– Tu vois, dit-elle à Margarita, ton amie, elle, est une jeune fille comme il faut.

Margarita leva les yeux au ciel.

– La-men-ta-ble ! réagit-elle. Être comme il faut, c'est caresser tout le monde dans le sens du poil, c'est ça ?

Aglaé lui fit remarquer qu'elle ne pouvait pas répondre à un adulte de la sorte, mais Margarita, sans doute encouragée par son père qui aimait l'impertinence chez les femmes, se fichait des conseils de politesse des adultes. Elle n'en faisait effectivement qu'à sa tête. Elle savait qu'ici elle ne risquait plus rien.

Le surlendemain, je quittai le château de Sulham. Je ne pus retenir mes larmes en montant dans la calèche. Mes vacances de rêve s'achevaient, j'allais reprendre ma vie triste et grise à l'orphelinat d'Abbey Road. Une chose, pourtant, parvint à interrompre mes pleurs. Margarita me susurra au creux de l'oreille :

– Peut-être que dans le monde d'Alvénir tu retrouveras tes parents…

Dawson s'étonna du gros bagage en toile de Jouy qu'Aglaé venait de déposer à l'arrière de la calèche.

– On dirait que tu pars en vacances, remarqua-t-il.

– J'ai pris quelques effets au cas où nous resterions « coincés » en Alvénir, dit Aglaé.

Dawson s'emporta :

– Mais tu ne vas pas traîner ce sac avec toi partout où nous irons ! On n'a jamais vu personne prendre des bagages pour voyager dans un monde parallèle. Les femmes… c'est n'importe quoi !

Aglaé se révolta. Personne n'avait le droit de dire du mal des femmes, même en plaisantant.

– Dawson, pèse tes mots, je t'en prie. Ta vulgarité est déplacée. Les femmes ne peuvent pas être « n'importe quoi ». Les femmes sont l'avenir. Sans femme, pas d'enfants, pas de vie, pas de lendemain sur terre.

– C'est vrai ! soupira Dawson en serrant Aglaé dans ses bras, et en plus, sans femme, pas d'homme heureux.

Il l'embrassa sur le front, et la bonne humeur revint alors dans la calèche comme une brise tiède.

– Vous êtes mignons tous les deux, déclara Margarita à ses parents. Ça doit être bien de s'aimer comme ça.

– C'est pas mal, dit Dawson en retenant sa joie. C'est surtout bien agréable de pouvoir le faire au grand jour ! Toutes ces années d'amour caché finissaient par nous rendre fous.

Aglaé rêvait en regardant le paysage défiler.

Les paroles de Dawson avaient réactivé ses souvenirs.

Il y eut des collines vertes, des villages tranquilles, des cottages perdus au milieu des moutons, et puis Appleton où nous fîmes une halte pour déjeuner dans un restaurant.

Margarita s'offusqua que ses parents ne convient pas le cocher à table.

– Il doit garder la calèche, prétexta Aglaé.

– Il peut la confier au voiturier, dit Margarita.

– Ma chérie, il y a des choses qui ne se font pas dans le monde, dit Aglaé.

– Être humain, par exemple ? demanda Margarita. Vous êtes vraiment pleins de principes ridicules, « dans le monde » dont tu parles.

Aglaé pria sa fille de cesser ses remarques permanentes et lui demanda un brin de respect.

– Le respect est un dérivé de l'amour, expliqua-t-elle. Si tu aimes ta mère, ne la contredis pas ainsi à tout bout de champ. Je sais encore ce que je fais et je connais mieux que toi les bonnes manières.

– Ce qui est bon pour toi ne l'est pas pour notre cocher, dit Margarita. Mais je t'aime, Maman.

La franchise et la désinvolture de Margarita me troublaient beaucoup. Je me sentais incapable de lui ressembler mais je l'enviais énormément. C'était sans doute la peur de la réprimande, la peur de ne pas être aimée, la peur de décevoir, oui, c'était la peur qui m'empêchait d'agir et de m'exprimer comme je l'aurais souhaité.

– Tu ne redoutes plus rien, remarquai-je. Ça doit être agréable.

– J'ai craint que mes seins ne s'arrêtent pas de pousser… Tu te souviens ? chuchota-t-elle en se penchant vers moi. Depuis, je me dis souvent que mes peurs sont idiotes et inutiles, en général.

Je me mis à rire.

– La peur est un mécanisme de protection, expliqua Dawson, qui avait tout entendu. Si tu n'as pas peur de l'orage, tu t'exposes à la foudre ; si tu n'as pas peur de te faire renverser par un bus, tu ne fais pas attention en traversant la rue…

– N'empêche qu'il est inutile d'avoir peur de soi ou des autres, dit Margarita.

– L'absence de peur n'empêche pas le respect, reprit Aglaé.

Malgré l'insistance de Margarita, nous laissâmes Wesley, le cocher, à sa place de cocher et prîmes un excellent déjeuner dans une auberge raffinée, face à la petite rivière d'Appleton. De temps à autre, on voyait une barque passer devant notre fenêtre, puis des canards se posaient sur l'eau, les rayons du soleil filtrés par les branches du saule pleureur constellaient la nappe d'éclats lumineux. On me servit un nectar de poire. Jamais je n'avais bu quelque chose d'aussi exquis. Cet instant ressemblait à un rêve. J'aurais voulu qu'il s'éternise. Je me sentais en sécurité. Il faisait bon, de la cuisine émanaient des odeurs de pomme et de caramel tendre. Il régnait une paix, un confort délicieux. Margarita et ses parents souriaient beaucoup. Ils paraissaient heureux, eux aussi.

La tarte Tatin me laissa sans voix. Je venais de connaître le dessert parfait, le paradis dans l'assiette, et pour rien au monde je n'avais envie de reprendre le chemin du réfectoire de l'orphelinat. Pourtant il fallut repartir.

Margarita s'assura auprès du cocher qu'il avait bien mangé. Elle lui offrit quelques tuiles aux amandes qui accompagnaient sa glace et qu'elle avait gardées pour lui. Il prit les biscuits dans ses mains noueuses et sèches, et remercia Margarita d'un immense sourire.

– Tu es une bonne personne, dit-il. Tu pourras toujours compter sur moi si tu as besoin d'aide.

Margarita s'assit à côté de moi, l'air triomphant. Aglaé et Dawson firent mine de n'avoir rien vu.

Pendant le voyage, Aglaé décida que nous avions aujourd'hui la mission de convaincre Ginger de nous conduire en Alvénir dans l'après-midi. Nous étions dimanche, et les sœurs nous laissaient quartier libre entre le déjeuner et le dîner.

Une heure plus tard, nous arrivâmes à l'orphelinat. Mes mains se crispèrent, quelques larmes gonflèrent mes yeux.

J'aurais tant aimé que les vacances se prolongent éternellement.

Je trouvais le parc de l'abbaye beaucoup plus petit que d'ordinaire. Margarita eut la même réaction et reprit ses explications habituelles sur la relativité des choses. Le parc du château de Sulham s'étendait sur plusieurs hectares, il était donc normal que nous trouvions étriqué le jardin de l'abbaye. Contrairement à moi, Margarita avait l'air heureuse de revenir là où elle avait grandi. Sans doute parce qu'elle savait qu'elle n'y vivrait plus. On aurait cru qu'elle ne se souvenait que des bons moments passés ici. Elle souriait comme si elle voyait un tout autre tableau que le triste orphelinat de son enfance.

5

Sœur Ethelred vint nous accueillir à la descente de la calèche. J'avais presque réussi à oublier son visage austère et ses yeux sévères. La réalité me cingla violemment. Sœur Ethelred prit un malin plaisir à me le rappeler d'ailleurs :

– Alors ça y est, les vacances sont finies. On revient à la vraie vie pour travailler et se donner la peine !

– Quel point de vue déprimant sur la vie ! s'exclama Margarita. Vous ne devez pas être très heureuse pour présenter ainsi l'existence aux plus jeunes que vous, sœur Ethelred.

Margarita jubilait. Elle savait que la nonne ne pouvait plus rien contre elle. De mon côté, j'avais un peu peur. Sœur Ethelred était désarmée face à Margarita, et je craignais donc qu'elle n'attende le moment opportun pour se venger sur moi. Mon amie n'avait certainement pas pensé qu'elle pouvait me faire du mal en parlant ainsi, mais dans ses élans libres et sans contraintes, elle finissait par ne plus faire attention aux répercussions de ses provocations multiples. Elle disait tout ce qui lui passait par la tête. Et même si ses propos restaient fort pertinents, elle ne mesurait pas la force de ses répliques ni le danger de mettre en avant son esprit trop vif. En cela Aglaé Bartropp avait sans doute raison, il était préférable de tenir sa langue et d'être sûre de soi sans jamais le montrer.

Les mâchoires de la sœur se crispèrent. Elle nous escorta jusqu'au bureau de la mère supérieure. Sœur Alarice nous reçut tous les quatre avec les égards dus au rang et au porte-monnaie d'une Lady Bartropp.

– Nous aimerions emmener Ginger faire une promenade cet après-midi, dit Aglaé.

– Vous lui ferez certainement très plaisir, rétorqua sœur Alarice. Cependant, je ne suis pas certaine que cette promenade soit très agréable pour vous. Ginger est toujours aussi particulière, soupira-t-elle. Un peu dérangée… et tout à fait intenable. Elle court dans tous les sens, elle saute, elle ne tient pas en place.

– C'est bien pour cela que nous souhaitons l'emmener se promener, dit Margarita.

Sœur Alarice lui lança un regard réprobateur qui signifiait qu'elle n'avait pas le droit de prendre ainsi la parole au milieu d'adultes, puis elle se rendit compte que Margarita pouvait dire ce qui lui plaisait désormais. Elle sourit. Un faux sourire crispé. Pourtant il restait toujours quelques éclats de bonté dans les yeux de notre mère supérieure, et je la détestais bien moins que sœur Ethelred. Mais il me parut alors étrange de classer ainsi les personnes de mon entourage. En dehors d'Eulalie à qui je vouais une véritable affection, les sœurs que j'aimais le plus étaient en réalité celles que je détestais le moins. Dans un environnement hostile, ce genre d'attitude me paraissait inévitable, car il m'était impossible et douloureux de ne vivre entourée que de personnes désagréables. Comme le disait souvent Margarita, il fallait sans cesse « relativiser » et accepter que le moins pire soit notre mieux quotidien.

Margarita ne connaissait plus le moins pire. Elle se régalait de ces nouveaux instants où lui était offert le droit d'exister complètement. Dawson aussi jubilait devant la modestie et la soudaine hésitation des sœurs. Si souvent il avait enragé de ne pouvoir prendre notre parti lorsqu'il était encore jardinier de l'abbaye. Il regrettait néanmoins que Margarita soit encore la seule à pouvoir répondre de la sorte aux sœurs, mais sa fille vengeait en quelque sorte le reste des orphelines, en ignorant ainsi l'autorité des nonnes.

Dès qu'Alarice fut mise au courant de notre intention de promenade, Margarita et moi nous précipitâmes dans le jardin pour retrouver les autres filles. Hope, June et Prudence faisaient une partie de cartes, assises sur le muret de pierres. Ginger bondissait d'un bout à l'autre du jardin, comme d'habitude. Elle se précipita vers moi lorsqu'elle m'aperçut, me serra dans ses bras et repartit sans même saluer Margarita.

– Ce n'est pas joué ! dis-je. Ça m'étonnerait qu'elle te laisse nous accompagner en Alvénir.

Margarita haussa les épaules.

– C'est pénible de ne pas être aimée. D'habitude, les gens m'apprécient, mais alors, elle, je ne sais pas ce que j'ai bien pu lui faire pour l'agacer à ce point.

– La chef. Elle déteste ton côté chef.

Margarita tenta alors de me prouver qu'elle n'était pas un chef. Elle m'assura qu'elle ne donnait pas plus d'ordres qu'une autre, que personne n'était obligé de la suivre, qu'elle n'avait aucune autorité…

– Ce n'est pas moi que tu dois convaincre, l'interrompis-je. Ginger ne change pas facilement d'avis. Elle est aussi têtue que tu es chef, dis-je en riant.

Margarita tambourina mon bras de ses petits poings durs en guise de réponse.

Nous étions arrivées près du muret de pierres. Nos trois amies hurlèrent de joie en nous apercevant. Aussitôt, Dawson et Aglaé nous rattrapèrent, et toutes les pensionnaires se précipitèrent vers eux, comme un essaim d'abeilles migrateur.

– Dawson ! Dawson ! crièrent-elles joyeusement.

Se rendant compte qu'elles avaient manqué de politesse et qu'elles risquaient une punition parce que sœur Ethelred les surveillait, elles firent une petite révérence à Aglaé et se turent.

Sœur Ethelred s'approcha de nous. Dawson leva les yeux au ciel en pestant :

– Elle ne peut jamais nous laisser cinq minutes tranquilles, celle-là.

Les filles gloussèrent, même Louiséjessalyn, qui pour une fois avait l'air de s'intégrer au groupe. Ce n'était qu'un faux air. Sœur Ethelred nous pria de ne pas importuner Lady Bartrop. Dawson s'amusa un peu :

– Par contre, moi, vous pouvez m'importuner, dit-il. Je ne suis pas un homme respectable.

Sœur Ethelred fit mine de n'avoir rien entendu. Elle hurla en direction de Ginger et la pria de venir saluer « les invités » immédiatement.

– Elle est intenable ! se plaignit sœur Ethelred. C'est une petite à problèmes, et les problèmes ne semblent pas se résoudre.

Lady Bartropp sauta sur l'occasion pour annoncer à sœur Ethelred que nous envisagions justement d'emmener Ginger en promenade « pour lui changer les idées ».

Ginger se réjouit en apprenant la nouvelle. Hope, June et Prudence nous supplièrent de les laisser nous accompagner. J'étais heureuse de les retrouver. June ne lâchait plus ma main. Hope et Prudence ne cessaient de me poser des questions à propos de mes vacances. J'essayais de ne pas avoir l'air trop excitée aux côtés de Dawson et Aglaé, mais je mourais d'envie de tout leur raconter : la beauté du château, la qualité des repas, la gentillesse des Von Straten. Aglaé souriait. Nous fîmes le tour du manoir en direction du petit bois. Lorsque nous fûmes près du potager, Dawson expliqua à Ginger que nous avions besoin d'elle pour nous conduire en Alvénir. Hope, June et Prudence implorèrent Aglaé et Dawson de ne rien faire d'aussi dangereux.

– Si vous disparaissez à votre tour tous les deux, notre vie va devenir un enfer ! dit June. Vous ne pouvez pas risquer ça.

– Je dois retrouver ma sœur ! dit Aglaé.

– Je dois accompagner ma femme ! assura Dawson.

– Et moi je compte pour du beurre ? s'indigna Margarita.

– Toi, tu suis tes parents, tu n'as pas le choix ! ordonna Dawson.

Ginger secoua la tête.

– Non, non, je ne l'emmène pas. Il ne lui manque rien ! dit-elle sèchement. Et le plus sage serait que Dawson reste ici, il me semble. Et toi, Joy, tu viens. Tu te souviens, la voix m'avait dit que tu devais retourner là-bas.

– Et vous prétendez que je suis un chef ? Mais écoutez-la ! Qui est un chef, ici ? s'offusqua Margarita. On ne va tout de même pas suivre les décisions de ce petit bout de bonne femme…

– Ginger a des pouvoirs que nous n'avons pas, remarqua Aglaé.

– Le pouvoir de me contrarier, grogna Margarita.

Nous étions arrivés à l'entrée du potager, devant les rosiers grimpants. Soudain le nouveau jardinier se retrouva nez à nez avec nous. Il ne nous salua pas ni ne leva les yeux vers nous. Il tenait un grand sécateur dans la main gauche et un bouquet d'orties dans l'autre.

Dawson le salua et lui demanda s'il comptait faire de la soupe avec sa cueillette, mais l'homme continua son chemin comme s'il était sourd et aveugle.

– C’est vrai qu’il fait peur, me dit Margarita.

Aglaé frissonna :

– Brrr… D’où sort-il, celui-là ? Je ne l’ai même pas entendu venir. Il est inquiétant.

– Tu n’as pas peur d’Alvénir mais tu trembles devant un pauvre jardinier… Enfin, Aglaé ! Mets de l’ordre dans tes craintes ! s’amusa Dawson.

Ginger avait déjà fait trois fois le tour du potager en courant, sa peau mate luisait tant elle avait chaud. Elle s’impatientait. La chanson latine qui la suivait d’habitude avait du mal à tenir son rythme. Je lui fis remarquer que la voix s’essoufflait et peinait derrière elle. Elle répondit :

– Tant mieux ! Qu’elle se fatigue et qu’elle me fiche la paix un peu plus souvent !

– Mais je croyais que tu en avais besoin pour passer dans le monde d’Alvénir. Tu te souviens qu’une fois nous n’avions pas pu y entrer à cause de ça.

– Je le croyais moi aussi, mais ma voix à l’intérieur m’a dit que celle du fantôme n’avait rien à faire en Alvénir. Ma voix n’aime pas le fantôme. Moi non plus, je ne l’aime pas. Il me colle partout, et je ne sais même pas ce qu’il veut. En plus, comme je ne l’entends pas, ce sont seulement les autres qui peuvent me prévenir de sa présence. J’ai l’impression d’être chaperonnée par un espion-moine.

Margarita ne put s'empêcher de rire en s'imaginant le personnage que décrivait notre amie. Ginger ne se rendait pas compte combien Margarita l'appréciait. Elle crut au contraire qu'elle se moquait d'elle. Notre aînée venait ainsi de se priver définitivement de la possibilité de voyager avec nous dans le monde d'Alvénir.

Aglaé dit qu'il ne fallait plus tarder car les sœurs allaient s'inquiéter si nous rentrions tard. Elle s'obstina à vouloir conserver son gros sac de voyage malgré les recommandations et les moqueries de Dawson.

– On ne sait jamais, dit-elle. Tout ce qui est dans ce sac pourrait servir.

Dawson rétorqua en riant :

– J'espère que tu as pensé au couteau à huîtres… Ça peut servir, un couteau à huîtres.

Ginger n'accepta qu'Aglaé et moi dans ce périple. Sa voix intérieure lui déconseillait qui que ce soit d'autre et trouvait inutile qu'Aglaé emporte son sac, ce qui déclencha une danse de victoire chez Dawson. Nous n'eûmes pas la moindre marge de discussion car il était impossible de converser avec la voix de Ginger.

– Tu parles, réagit Margarita, c'est facile de dire qu'on est que le sous-fifre d'une voix ! Très pratique pour faire passer ses propres messages. Tu inventes une autorité invisible et hop ! le tour est joué.

Aglaé pria Margarita de demander pardon à Ginger.

– Je te signale que, sans Ginger, je serais sans doute morte, ponctua Prudence. Pourquoi ne lui fais-tu plus confiance ?

Margarita réfléchit un instant et lâcha d'une petite voix :

– Parce qu'elle m'a vexée sans doute…

Ginger avait déjà pris le chemin du bois. Dawson embrassa tendrement Aglaé.

– Si tu ne reviens pas, je te tue ! dit-il en essayant de rester joyeux.

J'entendais pourtant un filet d'angoisse dans sa voix moins posée qu'à l'accoutumée.

Margarita tourna la tête vers l'orphelinat pour qu'on ne voie pas ses larmes. Je n'eus le temps de saluer personne, Aglaé et moi marchions d'un pas rapide vers Alvénir, devancées par Ginger et sa chanson latine dont le volume s'atténuait à mesure que nous nous éloignions du manoir.

6

Au bout de l'allée qui séparait le petit bois en deux parties, on apercevait la clôture de la propriété adjacente. Tant que je voyais ces barrières, je savais que nous étions encore « chez nous ». Ginger avançait sans hésiter. Son pas décidé nous entraîna sur le chemin que nous avions déjà emprunté plusieurs fois. J'étais assez confiante, je connaissais la route moi aussi. Elle tourna brusquement sur la droite et se faufila entre des branches sans se soucier du fait que nous parvenions ou non à la suivre. Elle levait les pieds très haut, comme elle l'avait fait à chaque fois dans cette partie du bois, et mit Aglaé en garde contre les serpents. Aglaé, qui la suivait immédiatement, se raidit et s'arrêta net. Je fermais la marche et l'encourageais à ne pas perdre Ginger de vue. Elle se ressaisit :

– Tu as raison, je suis l'adulte. Ce n'est tout de même pas moi qui devrais avoir peur, remarqua-t-elle en riant.

Très vite, le sol se recouvrit de bruyères multicolores, le grand sapin foudroyé qui n'existait qu'en Alvénir pointa sa flèche au milieu des autres arbres, le petit bois de l'abbaye devint une forêt sombre et profonde dans laquelle personne n'aurait souhaité s'attarder. Quelques papillons rares caressèrent l'air plus froid qu'à l'accoutumée. Je m'exclamai fièrement :

– Ça y est, nous y sommes !

– Comment le sais-tu ? s'étonna Aglaé.

– L'habitude, répondis-je, tout en me rendant compte que je devais paraître alors bien prétentieuse.

J'étais ainsi constamment à l'affût de mes travers et défauts. Les sœurs nous encourageaient tant à l'autocritique et à la confession que je trouvais souvent mes attitudes très condamnables.

À mesure que nous avions pénétré dans le bois, la température s'était abaissée et les couleurs des arbres avaient brusquement changé. Les saisons n'étaient sans doute pas les mêmes en Alvénir. Nous n'avions pas prévu le froid ni le givre ni le vent. Aglaé s'offusqua :

– Ah ! c'est malin de m'avoir interdit de prendre mon sac ! Nous allons attraper une pneumonie à cause de vos bêtises. Nous ne pouvons pas nous promener en plein hiver ainsi vêtues. Rebroussons chemin ! Ce serait suicidaire de marcher un quart d'heure de plus sans un manteau, des gants, un chapeau et des bottes fourrées.

Ginger n'écoutait rien.

Elle trottait devant nous. On aurait dit qu'elle savait où elle allait. Elle n'avançait pas vers la source en tout cas.

– Ginger ! Arrête-toi ! dis-je en grelottant. Nous allons mourir de froid si nous ne trouvons pas des vêtements chauds ou une maison pour nous abriter. Il faut retourner à l'abbaye !

Mon amie hésita puis repartit vers l'orée du bois sans rien dire. Elle grelottait elle aussi.

Quatre petits êtres nous rejoignirent en courant. Ces nains rondelets comme des tonneaux étaient emmitouflés dans un uniforme bleu et rose en fourrure. Ils n'avaient pas de dents, leurs nez étaient minuscules et leurs joues dodues.

– Halte-là ! s'écria l'un d'entre eux d'une voix fluette. Il pointait une sorte de lance vers nous.

– Vous êtes sur les terres d'Alpagos, dit le deuxième.

– Vous savez ce que cela signifie ? demanda le troisième.

– Vous allez devoir calambrer ! dit le quatrième.

– Calambrer ? s'étonna Aglaé.

Le premier être continua à tenir sa lance dirigée vers nous, tandis que les trois autres se mettaient à chanter en chœur :

– *Calambrer, calambrer, calambrer ! Il est grand temps de calambrer, sinon Alpagos va grogner…*

– Qui est Alpagos ? demandai-je.

Il faisait si froid que ma bouche avait du mal à articuler quoi que ce soit.

– Alpagos, le Rouvineur, dit simplement le plus gros des quatre.

Aglaé hésita :

– Pardon, dit-elle finalement en repoussant la lance ridicule du petit homme qui lui barrait la route.

– Vous n'irez nulle part ! Vous devez calambrer.

La lance avait beau être ridicule, une minuscule menace restait une menace. Aglaé dut rapidement modifier ses plans.

– Dans ce cas, accepteriez-vous de nous conduire jusqu'à Alpagos ? demanda-t-elle. Nous sommes en train de mourir de froid.

– D'accord, mais vous n'y couperez pas, vous devrez calambrer, précisa l'un des nains.

– Nous essaierons, dit Aglaé. Mais en quoi cela consiste-t-il exactement ?

– *Calambrer, calambrer, calambrer, calambrer ! Comptez vos pieds sinon Alpagos va grogner…* chantèrent les quatre.

Nous pensions rejoindre rapidement la demeure d'Alpagos, mais aucune maison ne se présentait sur notre chemin. Nos cheveux avaient givré, nos chaussures étaient trempées et glacées, le vent nous brûlait le visage.

– Pouvez-vous nous dire si nous sommes loin de la maison d'Alpagos ? demanda Aglaé, qui ne parvenait plus à desserrer ses mâchoires tétanisées.

– Non, nous ne pouvons pas vous dire, répondit le plus petit.

– Je n'en peux plus, j'ai peur de ne pas y arriver… gémit-elle.

– Haaa ! Enfin vous calambrez ! s'écria le nain à la lance.

– Calambrer signifie donc mourir de froid ? demanda Ginger.

– Vous n'avez rien compris ! Allez, allez, avancez ! Et regardez donc où vous mettez les pieds, conseilla-t-il.

Aglaé se laissa tomber sur la fine couche de neige qui recouvrait le sol.

– Écoutez, je suis là pour retrouver ma sœur. Je ne suis pas venue ici pour « calambrer » ni pour souffrir. On dit qu'Alvénir est le pays de ce qui nous manque. Eh bien moi, il me manque une sœur !

– Et moi des parents ! ajoutai-je.

Ginger se blottit contre moi. Elle claquait des dents.

– Je compte jusqu'à dix et on part en courant, chuchota-t-elle.

– On ne peut pas ! Il va se servir de sa lance et nous blesser, et puis je n'ai plus de force, avoua Aglaé.

– Alors, à trois, je pars toute seule… Je vais chercher du renfort, dit Ginger.

– Mais où veux-tu aller ? demanda Aglaé. Tu ne peux pas…

Elle n'eut pas le temps de terminer sa phrase. Ginger était déjà loin.

L'un des gardes la poursuivit et tenta de la toucher avec son arme, mais Ginger était plus rapide qu'un fauve, alors que ce dernier n'avait aucune force et aucune idée de la façon d'utiliser sa lance.

Les trois autres nains se joignirent au premier, mais ils couraient si lentement que même Aglaé, qui semblait très mal en point, ne put s'empêcher d'esquisser un sourire devant le spectacle ridicule de ces petits hommes.

– On ne craint pas grand-chose, me dit-elle. Essayons de suivre Ginger.

Elle se leva avec difficulté. Elle tremblait tellement. Ses vêtements étaient mouillés, ses mains et son visage très rouges.

Le vent remplissait ses yeux de larmes froides. Je la soutins par le bras, et nous rebroussâmes chemin ainsi que venait de le faire Ginger. Mais les quatre dodus se précipitèrent à nos trousses.

– Vous n'avez pas calambré devant Alpagos ! Vous ne pouvez pas partir, dit l'un.

– Si nous continuons à vous suivre, nous mourrons frigorifiées, répondis-je.

– S'il vous manque quelque chose, vous devrez forcément calambrer pour le retrouver. Cela fait partie des trois épreuves, précisa un autre.

– Et c'est la plus facile, ajouta son collègue.

Aglaé avait trop froid pour entendre ce qu'on lui disait. Elle marchait en plissant les yeux, contre le vent et la neige piquante qui tombait en minuscules flocons durs.

Je m'exclamai :

– Trois épreuves ! Mais de quoi parlez-vous ?

– On n'a rien sans rien, dit le plus petit.

– Quelles sont ces trois épreuves ?

– Calambrer ! s'empressa de répondre le plus bavard.

– Oui, ça, je crois que nous sommes au courant, m'agaçai-je, mais encore ?

– Mmm ! hésita le deuxième en se grattant le bonnet. Désarmer le temps !

– Il y a aussi : ajouter une perle au collier sacré et ça, je crois que très peu de gens y sont parvenus.

– Alors finalement tout le monde ne trouve pas ce qui lui manque en Alvénir ? m'inquiétai-je.

– En fait, on n'en sait rien. Nous, on s'occupe des terres d'Alpagos, c'est déjà pas mal.

Ils se remirent à chanter en chœur.

– *Calambrer, calambrer…*

– Vous accueillez beaucoup de monde sur les terres d'Alpagos ?

– Vous êtes les premières, mais il faut dire que nous ne sommes là que depuis hier, dit le bavard.

– Oui, et demain nous ne serons plus là, ajouta son voisin.

– Vous serez où ? demandai-je.

– Nous retournerons en Éphémérie. Youpi ! Youpi ! Youpi ! se réjouit le petit.

– En Éphémérie ? m'étonnai-je.

– Vous n'aviez pas remarqué ? Nous sommes des Éphémères, dit le bavard.

– Non, répondis-je, l'air surpris.

Le froid m'avait engourdie encore un peu plus. Je ne sentais plus ni mon visage ni mes mains ni mes pieds. Je voulais interrompre cette conversation et rattraper Aglaé, mais je devais rester encore un peu pour en apprendre davantage sur Alvénir. Je luttai dans ce froid pour ne pas perdre connaissance.

– Et vous, vous faites partie des Éternels, n'est-ce pas ? demanda l'un des petits hommes.

Je secouai la tête.

– Éphémères, comme vous. Nous ne sommes pas faits pour durer.

Il gratta son bonnet encore une fois.

– Mmm ! Pourtant personne ne vous ressemble en Éphémérie.

– Dans mon monde à moi, sur terre, enfin… là d'où je viens, personne n'est identique et pourtant tout le monde est éphémère, je vous le jure.

Aglaé était déjà loin devant. Quant à Ginger, elle avait depuis longtemps disparu dans le bosquet voisin. Je criai pour qu'Aglaé s'arrête, mais elle fit mine de ne rien entendre. Ou peut-être n'entendait-elle plus rien. Elle titubait d'épuisement. Ses pas s'étaient ralentis comme si son corps était devenu tout à coup beaucoup trop lourd et tout mou. On aurait dit qu'elle déplaçait des jambes privées d'os. Elle vacilla et s'écroula sur le sol, inerte.

– Aglaéééé ! hurlai-je.

Les gardes me suivirent et se penchèrent sur la malade.

– Qu'est-ce qui lui arrive ?

– Elle va mourir de froid si vous ne faites rien pour elle.

Ils me fixèrent tous comme si je venais de parler une langue étrangère.

– C'est une éphémère, précisai-je.

– Nous aussi ! dit le bavard.

– Je sais, je sais, m'impatientai-je. Mais on n'a pas le temps de discuter. Portez rapidement cette dame jusqu'à la maison de votre Alpagos, sinon elle va mourir ici.

J'avais pris la main d'Aglaé mais je ne sentais plus rien, je n'arrivais même pas à refermer mes doigts sur les siens. J'avais très peur de perdre connaissance moi aussi. Je luttais pour ne pas m'évanouir. Ma vision se troublait, les petits êtres parlaient, mais je n'entendais plus rien, la lumière du ciel m'éblouissait. Et puis tout disparut et je me sentis bien au chaud.

7

Je me réveillai dans une chambre immense, au milieu d'un lit à baldaquin qui aurait pu accueillir sept ou huit personnes en même temps. À l'autre bout de ce matelas de géant dormait Aglaé.

Les murs étaient recouverts de centaines de cadres de toutes sortes, de toutes tailles : des portraits, des paysages, des chiffres, des textes dans des langues curieuses, des diplômes incompréhensibles, des photos de la Grande Chouette, des portraits d'Alsima, la chatte blanche, sous lesquels on lisait à chaque fois : « Princesse des Portes du temps, fille d'Alvirapami, roi du vent, et d'Altenhata, reine des heures et du temps qui passe. » Nous étions donc toujours en Alvénir. Avions-nous été transportées chez Alpagos par les quatre nains éphémères ? Je m'approchai d'Aglaé en me laissant rouler sur le matelas.

– Aglaé... Aglaé !

Elle ouvrit un œil.

– Quel mal de tête ! dit-elle. On dirait que j'ai pris un coup de massue. Comment suis-je arrivée ici ?

– À mon avis, nous sommes chez Alpagos.

– Qui ça ? dit Aglaé en se frottant le crâne. De qui parles-tu ?

– Alpagos, vous savez, le type qui nous demande de calambrer si l'on est sur ses terres.

– Je ne vois pas de quoi tu parles. Je ne comprends rien. Qui es-tu et où sommes-nous ?

Aglaé ne se souvenait de rien. Ni de notre arrivée en Alvénir ni des nains ni de sa sœur qu'elle était venue chercher… ni de moi.

– Vous vous souvenez tout de même de Margarita ? demandai-je, l'air inquiet.

Elle hésita.

– Désolée… mais… non.

– Hum, je vois. Vous êtes un peu amnésique, il me semble. Dawson, ça vous dit quelque chose quand même ?

– Dawson ? Dawson… Non, pas plus…

– Heureusement qu'il ne vous entend pas, marmonnai-je. Et vous, quel est votre nom ?

– Voyons…

Elle posa l'index sur sa tempe pour se concentrer.

– J'avoue que cela m'angoisse réellement, mais je n'ai aucune idée de qui je suis.

Mon cœur s'affola. Cette Lady Bartropp privée de sa mémoire amplifiait mes tracas. Il fallait que je m'occupe d'elle comme d'une très jeune enfant, que je me dépêche de lui réapprendre qui elle était. Mais comment pouvais-je expliquer à cette femme affaiblie et amnésique qu'elle se trouvait dans un monde parallèle dans lequel elle était venue chercher ce qui lui manquait ? La mission me parut impossible. J'essayai cependant. Je n'avais pas le choix.

– Ah, très bien ! s'écria Lady Bartropp, je suis peut-être ici pour retrouver la mémoire, alors. Car d'évidence, c'est ce qui me manque le plus…

– Vous êtes là pour retrouver votre sœur, dis-je. La mémoire, vous venez de la perdre, mais ça devrait revenir tout seul.

Aglaé haussa les épaules.

– Ma sœur ? Es-tu certaine que j'ai une sœur ? (Elle secoua la tête.) Oh ! quelle migraine, mon Dieu ! Et quelle sensation insolite d'avoir la tête vide ! Tu sais, j'ai l'impression de n'être qu'une enveloppe. C'est insupportable de ne pas savoir d'où l'on vient.

Je m'appliquai à lui résumer qui elle était. La tâche n'était pas aisée.

– Vous êtes une grande dame que tout le monde respecte dans le Finnsbyshire, vous habitez au château de Sulham avec votre mari, Dawson, et votre fille,

Margarita, mon amie. Vous financez l'orphelinat d'Abbey Road dans lequel je vis. Vous avez une sœur, vos parents sont morts…

– Oh ! mon Dieu, c'est affreux ! Quand donc est-ce arrivé ? s'exclama-t-elle.

– Au cours de l'année dernière, je crois, pour ce qui est de votre père. Vous n'aviez pas l'air si triste de leur disparition. Dès qu'il est mort, vous avez pu enfin vous marier avec votre jardinier.

– Un jardinier ? Avec des ongles terreux et des gros sabots ? Non ! J'ai du mal à y croire.

– Vous avez perdu la mémoire, mais vous n'avez pas perdu vos réflexes de noble, constatai-je. À mon avis, vous allez vite vous retrouver.

Il y eut du bruit devant la porte. Un homme entra. Il portait un costume de velours rouge foncé, composé d'une redingote cintrée et d'un pantalon de golf un peu bouffant. À son cou pendait une énorme pendule sans aiguilles. Il poussait devant lui une table roulante couverte de fruits et de petits pains aux formes biscornues.

– Ah ! s'exclama-t-il. Ravi de vous trouver debout ! Comment vous sentez-vous ?

– Moi, ça va. Par contre, Lady Bartropp, elle, a perdu la mémoire. Une partie de son cerveau a dû geler, répondis-je sans savoir à qui je m'adressais.

Je sentais cependant que cet homme ne nous était pas hostile.

Je fis une petite révérence et je dis :

– Je suis Joy MacInley, enchantée.

– Vous êtes une fée ? demanda l'homme.

– Non, pourquoi ?

– « Joy MacInley, enchantée ». J'aurais cru pourtant… Les personnes enchantées ne sont-elles pas toutes des fées ?

L'homme nous offrit un verre d'un curieux nectar moiré et nous demanda de nous préparer à calambrer.

– Je veux bien, mais je ne sais pas ce que ça veut dire, remarquai-je.

Aglaé haussa les sourcils et prit son visage entre ses mains.

– J'ai l'impression de traverser un mauvais rêve. Je ne sais plus qui je suis, je ne comprends rien à ce qu'on raconte. Qui êtes-vous, monsieur ?

– Alvin, éternel laquais au service d'Alpagos.

– Le Rouvineur, ajoutai-je.

– Oui, enfin… Ça, ça reste à prouver… dit l'homme en baissant le ton. Son père était un pur Rouvineur, mais Alpagos n'a toujours pas fait ses preuves. Vous savez, ajouta-t-il très bas, tout ne se transmet pas forcément de père en fils.

– Que signifie Rouvineur ? demandai-je.

– Vous devez le savoir, puisque vous avez employé ce mot, dit-il en me tendant l'un de ses petits pains biscornus recouverts d'une curieuse gelée rose.

– J'emploie parfois des mots que je ne connais pas, avouai-je humblement.

– C'est impossible, enfin ! Si vous l'employez, c'est que vous le connaissez. Êtes-vous prête à calambrer ?

– Encore un mot qui ne me dit rien, confessai-je en faisant une petite grimace embarrassée.

– Êtes-vous prête ? s'énerva-t-il poliment. Alpagos va finir par se fâcher s'il vous attend trop longtemps.

Aglaé constata que sa robe était très froissée et encore un peu humide.

– Où sont mes affaires ? demanda-t-elle.

– Nous sommes venues sans rien, lui confiai-je au creux de l'oreille.

– Qu'il est désagréable de ne se sentir personne ! déclara Aglaé. Exister dans ces conditions n'a pas grand intérêt. Voyez, vous pouvez me faire croire ce que vous voulez, m'emmener où vous voulez. Je suis malléable comme de la pâte à modeler. Je ne m'appartiens plus.

Alvin nous conduisit vers Alpagos.

Il nous fit entrer par les coulisses, dans un petit théâtre baroque. Seule la scène, encadrée par deux grosses colonnes sculptées, était véritablement éclairée. Alvin nous poussa sous les feux de la rampe. Nous étions éblouies et ne pouvions apercevoir Alpagos qui, selon le laquais, était assis dans la salle.

Je fis de nouveau une petite révérence :

– Bonjour, monsieur Alpagos, je suis Joy MacInley.

Personne ne répondit.

Aglaé, tout étourdie, se tenait derrière moi. Elle ajouta :

– Et moi, je ne sais pas qui je suis. Il paraît que je m'appelle Aglaé Bartropp, mais ce nom ne me dit absolument rien.

Personne ne répondit.

J'entendis Alvin souffler des coulisses :

– Calambrez, bon sang, calambrez !

– Je sais que nous devrions calambrer, mais nous n'avons aucune idée de ce que cela signifie, dis-je sans savoir qui m'écoutait vraiment. Je vous prie de bien vouloir nous en excuser, monsieur Alpagos.

– Vous n'auriez pas un fer à repasser ? demanda Aglaé, qui ne cessait d'inspecter sa robe froissée.

Je lui marchai sur le pied pour qu'elle se taise.

– Attention aux pieds ! me souffla alors Alvin.

Je crus qu'il me disait de ménager ma voisine, mais il ajouta :

– Je ne peux pas vous en dire plus, je serais renvoyé. Un indice, pas plus... Vous n'avez le droit qu'à un indice. Pensez aux pieds !

Que pouvions-nous faire de nos pieds sur cette scène ?

– Des claquettes ! m'exclamai-je. Calambrer signifie peut-être faire des claquettes.

J'esquissai des pas de danse ridicules et fis claquer mes talons sur la scène.

– Faites la même chose ! ordonnai-je à Aglaé.

Je n'en revenais pas d'être capable de donner un ordre à Aglaé. Il ne suffisait donc parfois que d'un coup de froid pour modifier des rapports humains. Rien n'était immuable ni établi. Tout était bousculable et fragile.

– Vraiment, je ne m'appartiens plus, soupira-t-elle.

Puis elle se mit à m'imiter, à faire le pitre derrière moi, sans y croire, sans la moindre énergie. Une marionnette aux fils emmêlés, un clown épuisé, une tigresse fatiguée qui aurait rechigné à sauter à travers le cerceau du cirque.

– À quoi bon cette exhibition ? ajouta-t-elle.

– Vous voulez retrouver Eulalie ? Alors calambrez,

bon sang ! dis-je, tandis que je poursuivais mon numéro de claquettes raté en souriant exagérément.

Aglaé s'arrêta net.

– Ça ne mène nulle part, tout ça ! Je ne connais pas cette Eulalie. Je m'en fiche bien de calambrer. Tout cela n'est qu'un cauchemar, et je veux me réveiller !

Les lumières s'éteignirent, et je pensai un instant que le vœu d'Aglaé s'était réalisé. Je me dis qu'effectivement nous traversions un mauvais rêve qui venait de s'achever. Nous étions dans le noir et j'espérais me réveiller dans mon lit. Le noir s'éternisa et les battements de mon cœur s'accélérèrent.

– Aglaé ? dis-je tout bas.

– Oui… enfin… peut-être…

Je m'approchai de la voix en marchant à quatre pattes. Je ne voulais pas trébucher sur quoi que ce soit.

– Je ne crois pas que nous traversons un cauchemar, Aglaé. Vous devez faire des efforts pour que nous sortions d'ici.

– Mais tout ça ne mène nulle part, répéta-t-elle.

– Eh bien, allons-y quand même ! Nulle part sera sans doute plus agréable qu'ici.

– Pourquoi devrais-je te faire confiance ?

– Parce que je suis une enfant.

Elle inspira très fort et chercha ma main à tâtons dans le noir. Je sentis sa peur. C'était elle l'enfant, maintenant.

Je l'entendis sangloter.

– Ne vous inquiétez pas, je suis là, lui dis-je en serrant ses doigts frêles. Alvin ? Pourriez-vous rallumer la lumière ?

Une petite lueur, aussi faible qu'une bougie, éclaira un coin de la scène.

Alvin nous fit un signe derrière le rideau.

– Pressez-vous ! ordonna-t-il. Et filez vite. Vous n'avez pas calambré ! Alpagos est en colère.

– Comment le savez-vous ?

– Lorsque Alpagos fait le mort, c'est qu'il est très contrarié. Filez ! Filez avant qu'il ne se fâche pour de bon ! Et revenez lorsque vous saurez calambrer.

Il nous poussa hors du théâtre et nous indiqua la sortie du château.

– Mais enfin ! Nous avons fait de notre mieux. J'ai utilisé mes pieds ! protestai-je.

– Utilisez-les à meilleur escient ! Comptez-les, bon sang ! me murmura-t-il à l'oreille. Calambrer n'est pas une tâche compliquée, ce qui vous pose un problème, c'est de comprendre ce que signifie ce mot. Vous ne trouverez pas ce qui vous manque si vous ne cherchez pas à saisir le sens de ce qui vous échappe.

– C'est d'un compliqué ! remarquai-je. Alpagos est sans doute le roi des tarabiscotés, et franchement vous pourriez bien faire une entorse à la « règle du seul indice ». À quoi cela vous sert-il de ne pas nous aider ?

– Je ne peux pas transgresser la loi.

– Personne ne le saurait si vous faisiez un petit effort en notre faveur…

– Malheureusement, je ne peux pas.

– Sinon quoi ?

– Sinon rien. Je n'ai pas le droit, voilà tout.

J'avais oublié qu'en Alvénir il n'existait aucune sanction puisque personne n'allait jamais contre les lois. J'essayai donc de convaincre notre homme et de jouer sur les cordes sensibles :

– Pourtant on m'a toujours appris que nous devions aider notre prochain.

– Mais je vous aide ! Je vous ai donné un indice et je vous évite la colère d'Alpagos. Je ne peux pas faire plus. Ce n'est pas dans le règlement.

J'expliquai rapidement à Alvin ce qu'étaient le mensonge et l'infraction, mais il répondit :

– Je ne vois même pas comment tout cela est possible.

Je haussai les épaules, l'air dépité, et je soufflai de mécontentement. En général, ce genre d'attitude m'était interdit par les sœurs, mais il était bon de mettre ce que je venais d'expliquer en pratique. En théorie, je ne devais jamais hausser les épaules, mais je me réjouissais de faire partie d'une société qui savait aller contre les ordres et se rebeller, même sous la menace d'une sanction.

Je dis :

– Crotte de chameau ! (C'était le juron préféré de Margarita.)

Personne ne réagit. Aglaé souleva seulement les sourcils. Qu'il était bon de n'en faire qu'à sa tête !

Alvin, lui, exécutait uniquement ce qu'on lui avait appris comme on le lui avait appris.

Aglaé nous suivait, en pleurs. Elle se ressemblait de moins en moins. Elle avait totalement perdu ses allures de grande dame. Son regard privé de sa malice et de son impertinence habituelles était si différent. Je finissais par me demander s'il s'agissait vraiment d'Aglaé, car sa voix même avait changé. Elle avait perdu son accent chic et ce ton calme et assuré que nous lui connaissions tous.

– Quand est-ce que je vais retrouver qui je suis ? J'en ai assez de tout ça. Vous me promenez partout comme un chien. Vos histoires abracadabrantes me fatiguent.

Je tentai de rassurer Aglaé.

– Faites-moi confiance ! répétai-je. Tout ira bien.

Un bruit insupportable se mit à résonner dans les couloirs.

– Le bruit blanc ! s'exclama Alvin. Alpagos est en rogne.

Il s'évapora après avoir appuyé son pouce droit contre son pouce gauche.

– Alors ça ! Alors ça ! Alors ça ! répétait Aglaé, totalement perdue. Tu as vu ça ? Et tu appelles ça la réalité ? Remarque, j'ai peut-être oublié aussi à quoi ressemblait la réalité, hurla-t-elle en essayant de couvrir le terrible bruit.

J'avais beau enfoncer mes doigts au plus profond de mes oreilles, le terrible son m'assourdissait, me donnait la nausée, le tournis. Je sentais mon corps se fendiller, se craqueler, mais il fallait rester debout et nous sortir toutes les deux de ce château maudit. Aglaé comptait sur moi et piétinait d'impatience à mes côtés comme une gamine effrayée. J'étais responsable de nous deux. Je devais ramener une maman et une amie entières à Margarita. J'aurais tant aimé que Ginger soit encore avec nous. Ses voix nous auraient peut-être aidées. Et puis je me serais sentie moins seule. Avec Aglaé l'amnésique, aucune communication amicale ni rassurante n'était devenue possible.

Je poussai de toutes mes forces l'un des battants d'une lourde porte en bois sculpté, un bois exotique très odorant.

– Ça me rappelle le parfum de ma mère, Aglaé hésita. Santal ! s'exclama-t-elle.

J'attendis d'être dehors pour lui faire répéter ce que je venais d'entendre.

– Oui, le parfum de ma mère, c'est bien ce que je viens de dire, répéta-t-elle.

Je levai les bras au ciel et me réjouis :

– Enfin ! Cet horrible bruit vous a fait retrouver vos souvenirs. Margarita ? Dawson ? Ça vous revient ?

Aglaé se mordit les lèvres et hésita.

– Je suis désolée, mais je ne vois toujours pas.

– Vous vous souvenez de votre mère, n'est-ce pas ?

– Pas vraiment. Je sens son parfum, mais je ne sais pas comment elle s'appelait ni à quoi elle ressemblait…

Mon enthousiasme s'évanouit.

Dehors, la neige avait fondu, le froid était devenu un peu plus supportable. Nous marchions vers la grille du château sans autre but que de sortir des terres d'Alpagos.

– Et ensuite que ferons-nous ? s'inquiéta Aglaé.

– Nous pourrions essayer de rentrer chez nous. Je crois que je ne suis pas assez forte pour rester en Alvénir toute seule.

Aglaé ne réagit pas à mes mots. Pour elle aussi, j'étais toute seule. Elle avait perdu le sentiment d'exister. Fallait-il forcément avoir des souvenirs pour se sentir vivant ?

8

Le château était bleu, bleu comme le ciel des beaux jours. Il formait un large U. À chaque angle et chaque extrémité se dressait une tour. Quatre tours donc, et des centaines de mètres de murs en pierres peintes, des portes en bois sculpté, des dizaines de fenêtres ovales au premier étage, triangulaires au deuxième, carrées au troisième. Le toit doré illuminait les nuages gris et bas. Le parc bien entretenu s'étendait sur plusieurs hectares. Il était tacheté de jardinets parfaitement ronds, colorés par des bruyères d'un rose inhabituel ou des massifs de fleurs jaunes qui, d'évidence, supportaient de très basses températures. Toutes ces couleurs et ces gros cercles apportaient une singulière gaieté à ce lieu sinistre et majestueux. On se serait cru au cœur d'une illustration d'un joli livre d'enfant, et pourtant ce que nous vivions était une histoire inquiétante, désagréable et sérieuse. Une histoire d'adultes. Ce début d'aventure ne me donnait toujours pas envie de grandir. Je devais prendre soudain bien trop de décisions, agir sans l'avis des autres, avancer dans le parc sans savoir vraiment où j'allais, sans être guidée ni surveillée. Ma liberté d'action était inhabituelle et angoissante. J'ignorais tout de ce lieu, de ses coutumes, de la façon dont nous pouvions retourner à l'orphelinat. J'aurais rêvé qu'une main rassurante se pose sur mon épaule et me reconduise vers mon enfance… Pourtant je n'aimais pas vraiment mon enfance, mais le bond en avant que venait de m'imposer notre escapade m'avait entraînée beaucoup trop loin. Je ne me sentais pas capable d'être grande encore longtemps.

Nous traversâmes le parc sans y rencontrer quiconque. Je m'étonnai qu'Alpagos n'ait pas essayé de nous suivre. Je me retournais très fréquemment, j'avais peur de voir surgir un monstre, une armée, des chiens féroces ; cependant, personne ne semblait s'intéresser à nous. Nous quittâmes le parc sans problème, mais n'était-ce pas finalement une bêtise de sortir de là, de nous éloigner d'un lieu bien chaud et des êtres humains (ou presque) ? Était-ce malin de fuir cet endroit sans savoir où aller ?

Il ne s'offrait à nous que deux solutions inacceptables, mais je devais faire un choix. Me lancer à l'aveuglette vers l'inconnu, les bois et les plaines du monde d'Alvénir ou rester dans l'enceinte de ce château dans lequel nous n'étions pas les bienvenues tant que nous n'avions pas appris à calambrer.

Ces deux possibilités me déplaisaient autant l'une que l'autre.

J'arrachai le bas de ma jupe et le mis en lambeaux. Ainsi je pouvais nouer de petits morceaux de tissu aux branches des arbres qui jalonnaient notre route, et j'avais l'assurance de savoir revenir au château s'il le fallait. J'avais appris cela pendant mes vacances, dans l'un des livres de l'immense bibliothèque de Margarita. Mon expérience de l'aventure était, en dehors de notre excursion dans les caves de l'abbatiale, principalement celle des héros des romans que je dévorais depuis quelques années. J'avais déjà été enfermée, perdue, battue ; j'avais même été amoureuse, juste en tournant des pages, et grâce à toutes ces leçons, j'étais capable de me débrouiller dans de nombreuses circonstances. Pour l'amour, j'avais cependant des doutes. Était-il réellement possible d'apprendre à aimer dans les livres ?

Je me décidai à fuir. J'espérais qu'Alvénir était un petit monde, et que nous retrouverions vite le bois menant à l'orphelinat. Une route passait devant la grille. Deux véhicules insolites qui ressemblaient à des petits manèges roulèrent devant nous. Sur chacun d'entre eux, six ou sept personnes s'agrippaient à une barre centrale. Les engins, sans chauffeur, étaient couverts d'un toit semblable à un chapeau chinois. Ils avançaient très doucement en suivant un rail au milieu de la route. Il était facile de descendre et de monter sans que le manège ne s'arrête. Les personnes qui se déplaçaient avaient des allures et des tenues bien différentes. L'apparence de certaines d'entre elles était d'ailleurs plus animale qu'humaine, mais ces animaux ne ressemblaient à rien de ce nous connaissions déjà.

Je saisis Aglaé par la manche et nous hissai sur la plate-forme du tramway rond.

– Bonjour, dis-je à une jeune femme qui me paraissait abordable. J'aimerais me rendre à la fontaine, celle que garde Alfébor. La connaissez-vous ?

Elle me regarda, l'air surpris. Elle ne semblait pas me comprendre. Nous étions entassés dans le manège qui ne devait pas être prévu pour deux personnes de plus. Les créatures animales m'effrayaient un peu. Ces poils, ces naseaux, ces moustaches et ces oreilles velues ne m'incitaient pas à leur poser des questions. Et puis, derrière l'épaule de la femme muette, j'aperçus une paire d'yeux d'un violet inhabituel. Ils me fixaient. Ils se déplacèrent jusqu'à moi.

– Vous êtes perdues ? demanda le propriétaire du beau regard.

Il devait avoir quinze ou seize ans. Il était grand, emmitouflé dans le col de fourrure de son long manteau sombre.

– Oui, complètement, dis-je.

– D'où venez-vous ?

– D'un village à côté d'Appleton.

– J'connais pas.

– C'est normal, nous ne venons pas d'Alvénir.

– J'connais pas.

– Vous êtes tous des Reflets ? demandai-je en me souvenant du Reflet de Margarita que nous avions laissé ici quelques semaines avant.

– Non, ça ne se voit pas ?

Il pointa ses yeux du doigt.

– Heu… ben… non, excuse-moi, qu'est-ce que je devrais voir ? demandai-je.

– Les yeux violets ! C'est évident pourtant. Je suis un Almour.

– J'connais pas, dis-je en souriant.

Un nom pareil ne pouvait pas exister. Il devait se moquer de moi. Ce garçon était si beau, gentil, rassurant. J'avais envie de rester à côté de lui. Sa présence m'apaisait. J'avais l'impression d'être dans un monde moins hostile, l'impression de le connaître déjà.

– On dit un amour, précisa Aglaé, qui avait suivi notre conversation sans cligner des yeux, l'air perdu et ahuri.

– Almour, précisa le jeune homme. Effectivement, vous ne devez pas être d'ici.

– Et quelle est la particularité des Almours, à part les yeux violets ? m'enquis-je.

– Renseigner les gens perdus, répondit-il en riant.

Je n'avais pas l'habitude de parler à des garçons. J'imagine que j'étais toute rouge et que je bafouillais un peu. En temps normal, je n'aurais jamais osé m'adresser ainsi à un jeune homme, mais, depuis que j'étais en Alvénir, j'étais obligée de faire des choses qui, hier encore, m'auraient paru impensables. J'avais grandi d'au moins cinq ans en une matinée. Aglaé agrippait mon bras comme une enfant apeurée.

– Je m'appelle Alonn, et toi ? demanda le garçon.

– Joy… Joy MacInley, et je suis perdue. Donc je compte sur toi pour m'indiquer le chemin de la source d'Alfébor.

– Tu m'embrasseras en échange ?

Mon sang circula d'une façon très inhabituelle. Je le sentis traverser mon corps de haut en bas à une vitesse désagréable. Mon cœur s'était mis à battre la chamade, mes joues chauffaient plus fort qu'après un coup de soleil. L'embrasser ? Mais pour qui me prenait-il ? Jamais je n'avais embrassé un garçon.

– Je n'ai que treize ans, bientôt quatorze, lui dis-je pour lui faire comprendre que je n'étais pas prête à ce genre de fantaisie.

– J'en ai dix-sept. Juste trois de plus.

Un sourire coquin se dessina au coin de ses lèvres. Il me faisait un peu peur. En fait, ce que j'avais souvent craint se réalisait soudain. Je m'étais entraînée à tout ce qui était possible en lisant des romans et j'avais acquis une certaine expérience des choses en les pratiquant mentalement, mais ce que j'avais appris de l'amour ne ressemblait certainement pas à cela. Ce n'était sans doute pas de l'amour, juste de l'Almour.

Calambrer, Rouvineur, Almour, j'aurais bien voulu trouver un lexique du patois d'Alvénir et comprendre ces termes curieux.

– Vas-tu nous conduire, oui ou non ? demandai-je en ignorant la demande d'Alonn.

Je feignais d'être sûre de moi. En réalité, je tremblais comme une feuille.

– Mais oui, bien sûr, ce garçon nous conduira ! répondit Aglaé. Et d'ailleurs, s'il suffit de vous embrasser pour ça, ce n'est pas un problème.

Elle s'approcha de lui et colla ses lèvres sur les

siennes. Il fronça les sourcils et recula la tête. Les autres voyageurs s'exclamèrent au même moment :

– Oh ! Vous avez vu ?

– Mais qu'est-ce que vous faites ? se révolta Alonn en repoussant Aglaé. Vous êtes malade ?

– Sûrement, puisque je ne me souviens de rien. C'est une maladie, ça, n'est-ce pas ?

– Mais, mais…

– Vous vouliez qu'on vous embrasse, non ? Et moi je suis pressée de rentrer chez moi. Enfin disons plutôt que je suis pressée de sortir de ce pays de fous.

– Vous ne m'avez pas embrassé !

– De quoi s'agissait-il alors ? J'ai peut-être oublié aussi le sens de ce mot ?

L'Almour ne put définir ce qu'Aglaé venait de lui donner. Il dit que c'était un peu sale et très curieux. Aglaé voulait absolument savoir ce qu'Alonn entendait par « embrasser ». Il se mit à rire, et tous les voyageurs l'imitèrent. Ces rires multiples, bruyants et injustifiés m'effrayèrent tellement que je pris la main d'Aglaé pour descendre en marche.

L'Almour sauta du manège juste derrière nous. Il rebondit comme s'il portait des chaussures à ressorts et, d'un saut immense, se plaça devant nous.

– La raison, c'est pas ton truc, n'est-ce pas ? Tu agis comme ça, sans penser, me dit-il.

– Mais si ! Je pense ! me révoltai-je. Je pense que j'ai peur de toutes ces créatures, de ce monde étrange, de toi… de tout !

Mes yeux se remplirent de larmes. J'ajoutai :

– Je veux rentrer chez moi. C'est affreux, ici. Je suis là pour retrouver la trace de mes parents, mais j'aurais mieux fait de rester à l'orphelinat. Je ne sais même pas pourquoi je suis revenue en Alvénir. L'espoir fait faire tant de choses inutiles. J'ai toujours détesté l'espoir.

– Effectivement, tu fais des choses inutiles… mais tu n'es pas la seule, dit-il.

Je sanglotais. Ma résistance avait cédé. J'ignorais ce qui venait de me donner le droit de m'effondrer. Peut-être étais-je juste à bout de forces, à bout de nerfs. Je ne pouvais pas garder cette place d'adulte plus longtemps. Ma rencontre avec Alonn me permettait d'être Joy-qui-a-treize-ans de nouveau parce qu'il connaissait Alvénir et qu'il semblait mûr, responsable et protecteur. Montrer sa faiblesse nécessite un espace d'expression, une faille dans la tension, un moment de répit. Jusqu'ici, avec Aglaé, tout s'était enchaîné très vite, et cet espace ne s'était jamais dessiné. Trop de tension, pas de répit.

– Viens, me dit gentiment Alonn en me prenant

la main. Je vais vous tenir compagnie jusqu'à la source.

– Tu es comme ça avec tout le monde ? demandai-je, un peu inquiète.

– Comme ça ?

– Serviable, gentil… réconfortant…

– Je suis un Almour, je ne saurais être autrement.

Tandis que nous avancions dans la forêt humide, il me raconta l'organisation de leur société. Aglaé ponctuait tout ce qu'il disait de : « Rassurez-moi, ce n'est pas la réalité ? » Pourtant, c'était bien la réalité d'Alvénir, un monde invraisemblable, incompréhensible.

– Quelle est la superficie de votre monde ? demandai-je.

– Elle varie selon les individus, répondit Alonn. Il n'existe en Alvénir que les choses dont tu as besoin, et donc, que les lieux dont tu as besoin.

– Je n'avais sûrement pas besoin de geler ni de perdre la mémoire ! s'indigna Aglaé.

– Vous vous rendrez compte sans doute un jour que ce problème vous a été profitable, dit Alonn.

– Quel poste occupe la Grande Chouette ? demandai-je encore.

– Elle veille à tout. C'est la protectrice d'Alvénir. Elle a été élue par le peuple. Elle a du sang sacré.

– N'empêche qu'elle a kidnappé la sœur d'Aglaé.

– Oui, il paraît que j'ai une sœur, soupira Aglaé. Ça aussi, c'est fou !

Nous traversions une forêt claire, plantée d'immenses séquoias aux troncs plus qu'imposants. Quelques arbustes avaient poussé tant bien que mal entre les conifères géants. Le sol était gelé. Même les feuilles mortes craquaient sous nos pieds comme des biscottes ou de la nougatine… J'avais faim. Tout ce que j'entreprenais me faisait penser à de la nourriture. Alonn dit que la Grande Chouette enlevait souvent ses visiteurs, mais qu'ils étaient ensuite très bien traités dans son palais.

– Comment le sais-tu ? demandai-je.

– J'habite au Palais, pardi. Les Almours habitent tous au Palais, pardi.

Je m'arrêtai net. Alonn pouvait donc nous conduire auprès d'Eulalie ! Fallait-il continuer notre chemin vers la fontaine et tenter de rentrer chez nous ou profiter de l'opportunité qui s'offrait à nous de retrouver Eulalie ?

– Mais je croyais qu'il fallait venir à bout des trois quêtes pour obtenir ce qui nous manquait. C'était un mensonge, tout ça ?

– J'ai dit que j'habitais au Palais, je n'ai pas dit

que j'allais vous y conduire, rétorqua Alonn. Je n'ai pas le droit.

Je grommelai quelques mots incompréhensibles. J'en avais assez de ce pays de moutons qui ne se doutaient même pas qu'une loi ou une interdiction pouvait se contourner. Il manquait une case de rébellion aux cerveaux des habitants d'Alvénir.

9

Nous marchions en silence, et ce silence aux côtés d'une amnésique et d'un inconnu aux yeux violets finissait par m'inquiéter. Je repris donc l'une de nos conversations futiles. Je voulais m'alléger l'esprit.

– Je n'ai pas compris tout à l'heure ce que tu appelais « embrasser ». Vous avez tous ri en entendant cette question, mais vous ne nous avez pas renseignées, finalement.

Alonn haussa les sourcils. Une fossette coquine se creusa dans sa joue tandis qu'il souriait.

– Tu prends des risques ! répondit-il. Tu veux que je te montre, c'est ça ?

– Pas, pas, pas, pas du tout. J'essaie juste de vous… vous… vous comprendre un peu mieux, bégayai-je.

– Tu as raison, m'embrasser te permettrait certainement de mieux me comprendre, me taquina Alonn.

– Bon ! Vous avez terminé vos badinages d'adolescents, vous deux ! On ne se bécote pas, on ne perd pas de temps, s'il vous plaît, on avance ! ordonna Aglaé.

– Où sommes-nous ? demandai-je pour changer de sujet de conversation.

– Je ne sais pas, je ne suis jamais venu ici puisque je n'ai jamais eu besoin de cette partie de notre monde.

– Tu veux dire que tu nous conduis n'importe où ?

– C'est vous qui me conduisez. Vous savez où vous voulez aller, nous y allons donc ! Moi, je ne suis là que pour te rassurer.

– Mais nous ne pouvons pas avancer comme ça, sans plan ?

– L'intention est un plan redoutable. Elle vous mène toujours à bon port, affirma l'Almour.

Aglaé se tapait la tempe du bout de l'index pour signifier que notre accompagnateur n'était pas sain d'esprit.

– Il est toc toc ! me chuchota-t-elle.

Je retins un fou rire. Le rire est parfois un mécanisme de défense, un ami protecteur. J'étais exténuée et à bout de nerfs, et le visage d'Aglaé en train de dire « toc toc » me paraissait extrêmement drôle. Son chignon ressemblait à un buisson sauvage, ses yeux creusés par la fatigue étaient plus ronds et plus ahuris que jamais. Sa bille de clown inhabituelle m'amusait exagérément.

– Toc toc, répéta-t-elle en se tapant la tempe.

J'éclatai de rire pour de bon.

L'Almour se mit à rire comme moi. Il ignorait la raison de mon hilarité, mais il la partageait avec plaisir.

– Où as-tu appris à rire ? demanda-t-il. Tu ris bien.

– Curieux compliment, m'étonnai-je. De toute façon, ici tout est dingue !

– Toc toc ! s'exclama Aglaé, qui avançait d'un pas plus que décidé vers nulle part.

Je remarquai qu'elle ouvrait la marche sans même savoir où elle allait. L'Almour me tint de nouveau le même discours.

– Faire confiance à l'intuition ! répéta-t-il. Et toujours savoir ce que l'on veut, ajouta-t-il. C'est essentiel.

– Je veux rentrer chez moi ! déclara Aglaé.

– Le problème, c'est que vous ne savez même pas où c'est chez vous ! dis-je d'un ton agacé.

Dorénavant, je comprenais pourquoi certains adultes perdaient patience devant des enfants capricieux et irresponsables. J'excusais plus facilement le comportement des sœurs à l'orphelinat, mais j'avais tant détesté ces femmes que je ne pouvais m'autoriser de telles pensées. Grâce à Aglaé, je connaissais maintenant le point de vue de l'adulte exaspéré face au manque de réflexion de l'enfant. Ou peut-être face au manque de réflexion tout court. Je n'avais simplement jamais rencontré d'adulte de cette trempe auparavant. Je connaissais des sœurs méchantes, sadiques, flemmardes, radines, voleuses, sévères… Je pensais m'être confrontée à tout, à l'orphelinat. Malgré leurs défauts, ces adultes que je connaissais m'avaient toujours paru sûrs d'eux. Ils « savaient » et prétendaient en connaître plus que nous. C'est ce qui faisait sans doute aussi qu'ils étaient adultes. Aglaé, elle, avait tout su… mais depuis son malaise, elle racontait n'importe quoi. Il n'y avait peut-être pas de grande différence entre le savoir des adultes et le n'importe quoi d'Aglaé. Cependant, je n'aimais pas ses hésitations qui m'imposaient cette nouvelle place d'enfant responsable. Je préférais ne rien prendre en charge. Les adultes, si prétentieux fussent-ils, m'avaient jusqu'ici évité bien des tracas. J'en avais vraiment assez de ce voyage ! L'Almour s'en aperçut. Il était gentil, l'Almour, prévenant et très doux. Un peu moqueur, gentiment moqueur.

– Ne t'inquiète pas, me dit-il, ça t'abîme.

– Je suis désolée de bousculer ta journée, répondis-je.

– Tu ne bouscules rien du tout. Ma journée était écrite comme ça. Ce qui arrive devait arriver. On dirait que tu n'es pas familière avec cette idée.

– Mes parents ont disparu… et je ne crois pas que ça aurait dû arriver.

– Ça reste à prouver.

Je serrai les mâchoires. Je trouvais soudain Alonn moins sympathique. Il ne comprenait vraiment rien à nos vies à nous.

– Tu n'es pas comme nous, tu ne peux pas comprendre, expliquai-je.

– Et toi tu t'égares trop. Pense à la fontaine si tu veux la retrouver.

Je me concentrai quelques instants en fermant les yeux. Alonn rit à nouveau de tout son cœur. Il dit que ça devait me poser beaucoup de problèmes si j'étais obligée de fermer les yeux pour penser.

– Quel moqueur ! répondis-je.

Je bifurquai brusquement vers la droite sans vraiment comprendre pourquoi.

– Ouf ! ça y est, ta boussole intentionnelle fonctionne enfin ! se réjouit-il.

– Boussole intentionnelle ! s'écria Aglaé. Eh bien ! Ça ne s'arrange pas, monsieur Toc Toc !

Comme j'avais hâte de rentrer à l'orphelinat ! Pour la première fois de ma vie, je rêvais de retrouver cet endroit. Je me demandais ce qu'avait pu devenir Ginger. Je m'inquiétais pour elle. Pourquoi ni elle ni Dawson ne nous venaient en aide ? Étaient-ils tous les deux en train de nous chercher dans d'autres coins d'Alvénir ?

Comme je grelottais sans cesse, l'Almour me posa son long manteau sur les épaules.

– Mais toi tu vas avoir froid ! dis-je avant de le remercier.

– Au moins, ici, les garçons sont galants. On ne doit pas être sur terre, effectivement, remarqua Aglaé.

– Dawson est très galant, pourtant, remarquai-je.

– Cesse de me parler de ces gens que je ne connais pas, m'ordonna Aglaé.

J'avouai à Alonn que je craignais que la Grande Chouette n'apparaisse et ne me kidnappe à mon tour.

– À qui manquerais-tu si elle t'emmenait avec elle au Palais ? m'interrogea l'Almour.

Sa question me cloua au sol quelques instants. Je ne parvenais plus à avancer.

À qui pourrais-je manquer effectivement ? Pourquoi ne trouvais-je pas de réponse immédiate à cette question ?

– Oups, excuse-moi si j'ai détraqué ta boussole intentionnelle ! Je vais nous perdre avec mes questions stupides, dit Alonn.

Sa question n'était pas stupide. Je réalisai ma grande solitude. Je finis par répondre, sans certitude :

– Je manquerais à Margarita, à June, à Hope, à Prudence… à Ginger… et peut-être à Dawson…

– Encore ce Dawson ! s'exclama Aglaé. Tu n'as que ce nom à la bouche.

– C'est quand même votre mari, répondis-je tout bas. Vous devez aussi avoir ce nom quelque part dans votre tête.

Elle haussa les épaules. Jamais je n'avais vu Aglaé hausser les épaules.

J'avais repris ma route avec l'impression permanente de marcher au hasard, entre les arbres, les souches, les ronces. Je faisais confiance à Alonn qui m'assurait que mes pas nous mèneraient forcément à la source.

– Et quand vous serez à la source, que ferez-vous ? demanda-t-il.

– Nous sortirons du bois pour retourner chez nous, expliquai-je. Je me souviens encore du chemin…

Alonn grelottait à son tour. Je lui rendis donc son manteau. Il s'excusa de ne pas être un bon Almour.

– Je débute, ajouta-t-il. C'est compliqué.

– Je trouve que tu t'en sors très bien, dis-je.

Il sourit. Il avait l'air touché par mon compliment.

Pourtant je n'avais toujours aucune idée de ce qu'était un Almour. J'essayais juste d'être gentille parce que Alonn me rassurait beaucoup. Tout lui semblait naturel, facile, normal. En sa présence mes peurs se dissipaient.

– Bon ! s'exclama Aglaé. Ça suffit ! Mes pieds me font souffrir, j'ai faim et soif, et surtout, je rêve d'aller au petit coin. Alors dépêche-toi de retrouver ta source !

Alonn suggéra à Aglaé de faire une pause entre deux arbres.

– Nous nous retournerons, c'est promis.

Aglaé le fusilla du regard.

– Quel sauvage ! lui dit-elle.

Ce qui fit encore rire l'Almour.

– Dis donc, toi aussi, tu ris bien. Où as-tu appris ? demandai-je en souriant pour lui retourner sa question incompréhensible.

– À l'école des Almours, pardi.

– On vous apprend à rire à l'école ?

– On nous apprend à être joyeux. Ce n'est pas donné à tout le monde. Depuis peu, on reçoit aussi des cours de bonheur. Je n'y comprends rien. Je suis nul dans cette matière.

– Tout le monde devrait être doué pour le bonheur pourtant, m'étonnai-je.

En répondant à l'Almour, je réalisai que la Grande Chouette avait kidnappé Eulalie afin qu'elle lui explique les notions de plaisir et de bonheur. Ces nouvelles leçons au sein du Palais n'étaient sûrement pas sans rapport avec l'arrivée d'Eulalie en Alvénir.

– Qui vous enseigne tout cela ? demandai-je.

– Une prisonnière : Alalie.

– Eulalie ? !

– Alalie. Aucun nom au Palais ne peut commencer par autre chose qu'Al !

– C'est sûrement elle ! hurlai-je. Aglaé ! Vous vous rendez compte qu'Alonn prend des cours de bonheur avec votre sœur ?

– Je m'en fiche.

Je compris alors que nos rêves les plus chers n'avaient qu'un temps dont nous n'étions pas les maîtres.

10

Je suppliai Alonn de nous conduire au Palais. Il était programmé pour refuser. Rien n'y fit.

– Et ma boussole intentionnelle ? demandai-je. Si je pense très fort au Palais, mes pieds vont m'y conduire, n'est-ce pas ?

– Oui, mais personne ne te laissera passer les grilles du parc.

– Tu pourrais prévenir Eulalie… Alalie, que nous l'attendons à l'extérieur de la propriété, suggérai-je.

– Elle est prisonnière ! Elle ne pourra pas sortir.

– Et c'est elle qui vous enseigne le bonheur ! Mais la pauvre ! Elle a dû oublier ce que pouvait être le bonheur depuis longtemps !

– L'essentiel n'est-il pas de l'avoir connu un jour ? dit l'Almour.

Aglaé se fâcha. Il fallait arrêter de philosopher et se presser. Son besoin se faisait douloureux.

– Je peux vous construire un petit coin en tendant votre écharpe et mon manteau entre deux branches, si vous le souhaitez, proposa Alonn.

– Je crois que je n'ai pas le choix, répondit Aglaé, qui urina bruyamment derrière le paravent de fortune.

Je pouffai de rire. Alonn m'imita comme d'habitude. Mais riait-il vraiment ou mettait-il simplement son enseignement en application ?

– Comment sait-on si tu ris pour de bon ? demandai-je.

– Je ne suis pas aussi bon que toi, c'est sûr. Ça ne fait que deux ans que j'ai pris cette option.

Avant cela, l'Almour n'avait jamais ri. Pourtant Alonn n'avait pas l'impression d'avoir eu une enfance désagréable.

Je pensais qu'il me faisait une farce, mais je réalisai que les êtres d'Alvénir n'étaient pas dotés du même cerveau que le nôtre.

Chez nous, le rire était nécessaire à la vie ; chez eux, c'était une sorte de luxe, une attitude chic et polie.

– Comment réagis-tu quand on te chatouille ? demandai-je.

L'Almour n'avait jamais été chatouillé. Il trouvait l'idée étrange et ridicule.

Aglaé, qui nous avait rejoints, s'exclama :

– Remarque, il est peut-être aussi amnésique que moi. Parce que j'ai beau savoir ce que sont des chatouilles, je ne me souviens pas non plus d'avoir déjà été chatouillée dans ma vie.

– Peux-tu me « chatouiller » ? demanda Alonn. Je voudrais bien savoir ce que ça fait quand même !

Mon visage s'empourpra, mes mains se mirent à trembler. Jamais je n'avais touché un garçon de la sorte. J'étais très embarrassée.

– Allez, vas-y ! Qu'est-ce que tu attends ? s'écria-t-il.

Je lui chatouillai le cou du bout des doigts.

– C'est seulement ça ? C'est nul ! dit-il.

Aglaé me traita de timide. Je dis qu'Alonn était trop couvert, et que cela avait limité mes gestes. Nous reprîmes notre marche vers la source. De toute façon Aglaé refusait de me suivre au Palais, et je ne pouvais tout de même pas l'abandonner en route pour retrouver sa sœur.

Les arbres se firent plus espacés. Nous avions rejoint la clairière au milieu de laquelle jaillissait la source que je connaissais si bien. Elle me parut moins magique que lors de mes premières visites. La lumière de l'hiver rendait le lieu plus austère. Dans la terre de bruyère, à côté de la source, je reconnus la vieille casserole cabossée qui n'avait pas bougé depuis ma dernière visite.

– Nous y sommes ! m'exclamai-je.

Je regardai en l'air, dans les arbres autour de nous. Je cherchai Alfébor, le hibou gardien.

Il ne tarda pas à déployer ses ailes et se posa à nos côtés.

– Bonjour, monsieur Alfébor, vous vous souvenez de moi ?

Il me regarda de très près et hocha la tête.

– La voleuse d'eau ! La poseuse de questions idiotes ! Les gens comme vous sont assez rares, vous savez.

– Peut-être aussi que vous ne voyez pas grand monde ici ? dis-je gentiment.

– Détrompez-vous, ça défile, ça défile !

– À ce propos, auriez-vous vu passer mon amie récemment ?

Je lui dressai un portrait de Ginger. Le hibou me tendit un papier.

– J'ai un message pour vous !

Joy,

Je suis de nouveau en Alvénir. Dawson m'accompagne. Si l'on ne s'est pas retrouvés avant, je serai devant la fontaine au coucher du soleil.

– Je crois que nous allons devoir attendre ici ! dis-je.

Je cherchai aux alentours un endroit confortable pour nous asseoir et choisis une grosse souche dont l'écorce humide partait en lambeaux.

– Quand est-ce que le soleil se couche ? demandai-je.

– Il ne se couche pas l'hiver ! dit Alonn.

– Vous n'avez pas de nuit ? s'étonna Aglaé.

– Pas de nuit l'hiver.

Aglaé constata que sa montre s'était arrêtée.

– Décidément, nous n'avons pas de chance. Comment savoir quand nous serons le soir ? demandai-je.

L'Almour me tendit un médaillon triangulaire qu'il portait autour du cou, sur lequel on pouvait lire « matin, midi, soir » écrit au sommet de chaque angle.

– Mais dis-moi, lorsque vous allez à l'école, par exemple, comment faites-vous pour être à l'heure puisque vous n'avez que trois possibilités de rendez-vous ? demandai-je.

– Nous devons arriver lorsque l'aiguille est sur « matin », nous repartons quand elle est sur « midi ». Je n'étais pas né quand les habitants d'Alvénir utilisaient encore les heures. À l'époque, Altenhata, la mère d'Alsima, régnait sur le Temps… et puis elle fut décapitée par le Diable Vert pendant la révolte des Mogadors, et Chronos, son cousin éloigné, prit sa place. Chronos était un Temps paresseux. Il décida de supprimer les heures qui lui donnaient plus de travail. Depuis, nos journées sont découpées en trois parties, et cela ne nous pose d'ailleurs pas de problème.

– Pour les rendez-vous… Je ne sais pas… le médecin, le coiffeur… Ce doit être impossible, remarquai-je.

L'Almour n'avait jamais entendu parler de rendez-vous de ce genre. Je constatai que l'aiguille de sa montre-médaillon n'était pas loin du soir. Il déclara qu'il devait rentrer au Palais et me proposa de conserver sa montre. Je la lui rendrais quand je pourrais.

– Tu ne vas pas partir ? m'inquiétai-je d'une voix chevrotante.

– Je DOIS être là-bas tous les soirs. Les Almours se réunissent pour déterminer.

– Déterminer quoi ? questionnai-je

– Déterminer. C'est un truc d'Almour, c'est normal que tu ne connaisses pas. C'est trop compliqué à expliquer, et je n'ai plus trop de temps.

– Ce que tu es agaçant avec ton patois ! constatai-je.

Je regrettai immédiatement d'avoir critiqué Alonn. Je le trouvais si parfait. Comment pouvais-je me permettre de lui faire des remarques aussi ridicules ? Il venait de me prêter son médaillon. N'était-ce pas un signe d'amour ? J'aurais dû le remercier, j'aurais rêvé de l'embrasser. Un tendre baiser sur la joue, mais je ne pouvais m'autoriser ce genre d'attitude. Je feignais donc de ne pas trop m'intéresser à lui, même si je le détaillais de la tête aux pieds lorsqu'il ne me regardait pas.

Pour retarder son départ, je lui demandai ce que signifiait calambrer.

– Douze pieds par phrase ! lança-t-il en s'éloignant.

– Un alexandrin ! s'exclama Aglaé.

Je lui fis remarquer qu'elle n'avait visiblement pas tout oublié.

– Je ne sais même pas ce que je dis ! s'étonna-t-elle. Qu'est-ce qu'un alexandrin ?

– C'est ce qui va nous permettre de retrouver ce qui nous manque. Nous devons nous entraîner à réciter des alexandrins avant de retourner chez Alpagos.

Aglaé jura qu'elle ne remettrait jamais les pieds chez le Rouvineur. Elle éclata en sanglots. Elle était épuisée, elle n'en pouvait plus d'attendre que sa mémoire revienne, elle se sentait vide, inutile. Je lui parlai de sa fille Margarita qui avait tant besoin d'elle et de tout ce qu'elle avait fait pour nous à l'orphelinat.

Elle me prit la main et me remercia d'essayer de la rassurer ainsi. Mais rien ne pouvait remplacer sa mémoire, me disait-elle. Elle se compara alors à une fougère et à un nuage.

– J'ai l'impression d'avoir perdu mon âme, dit-elle. Je ne suis pas grand-chose.

– Vous êtes Lady Bartropp, ce n'est pas rien.

– J'étais Lady Bartropp… et encore, je n'en suis même pas certaine…

Alfébor avait repris sa sieste sur la branche la moins haute d'un vieux chêne. De temps en temps, il ouvrait un œil curieux et fatigué.

– Vous allez rester là longtemps ? demanda-t-il.

– Nous attendons nos amis, dis-je.

Il nous mit en garde :

– N'essayez pas de voler de l'eau cette fois ! Je vous ai à l'œil !

Ce même œil se referma et très vite on entendit le volatile ronfler.

Il faisait si froid depuis qu'Alonn était parti, tout me semblait insupportable. Pourtant, j'attendais. Dawson allait nous retrouver, j'en étais sûre. Je pensais à Margarita qui avait dû pester de ne pas pouvoir suivre son père en Alvénir. Elle était de nouveau sans ses parents à l'orphelinat. J'avais peur que les sœurs ne l'importunent de nouveau. Je me rassurais en me souvenant de la phrase de mon père : «Tu ne mords pas la main de celui qui te nourrit.» L'orphelinat était encore largement financé par les dons de Lady Bartropp. Je souris tristement en la regardant. Elle ne ressemblait plus à cette Lady Bartropp-là. Elle avait raison. Elle était effectivement plus proche du nuage ou de la fougère.

Je décidai de nous entraîner à calambrer. Nous devions prendre de l'avance et être prêtes à réciter des textes en alexandrins pour satisfaire Alpagos.

Je récitais tous les poèmes que j'avais appris par cœur à l'orphelinat et je comptais leurs pieds sur le bout de mes doigts.

– Les pieds au bout des doigts, remarquai-je en souriant.

Je m'efforçais de sortir Aglaé de son désespoir, mais elle regardait dans le vague et ne m'écoutait plus depuis longtemps.

Soudain j'entendis les feuilles crisser, des pas, du bruit. Je me levai, persuadée que mes amis arrivaient enfin. Le hibou ouvrit son œil de gardien. L'autre œil poursuivait sa sieste. Il constata :

– C'est une biche.

Dix minutes plus tard, le bruit reprit, plus fort, plus inquiétant. Un troupeau de biches, pensai-je.

Mais c'était eux.

– Ginger ! Dawson ! m'écriai-je en courant à leur rencontre.

Aglaé ne bougeait pas. Dawson m'embrassa le front et se précipita vers sa femme.

– Tu m'as tellement manqué ! dit-il en la serrant dans ses bras.

Elle se laissa étreindre comme une fougère. Elle ne réagit pas, puis elle se débattit dès que son mari tenta de l'embrasser.

– Lâchez-moi ! hurla-t-elle.

– Tu n'as pas l'air bien ! constata Dawson.

Aglaé se remit à pleurer.

Je dis :

– Elle est amnésique. Elle ne sait pas qui vous êtes.

– Non, monsieur, je ne sais pas qui vous êtes, répéta-t-elle.

Dawson était partagé entre le rire et l'angoisse. Il pensa d'abord qu'il s'agissait d'une farce. Il voulut prendre sa femme par la taille et l'enlacer de nouveau, mais elle fit un bon en arrière, buta contre une souche et tomba à la renverse.

Dawson n'en croyait pas ses yeux. Ginger n'avait encore rien dit. Pour une fois, elle ne sautait pas partout.

– Votre cerveau a gelé ? demanda-t-elle finalement d'une voix peu assurée et très douce.

Dawson sortit des sandwichs appétissants de son sac à dos.

– D'abord manger, ensuite penser, dit-il en essayant de rester digne et maître de la situation. Vous devez mourir de faim !

En réalité, Dawson avait pris peur en voyant Aglaé dans cet état. Il ne savait plus trop ce qu'il faisait. Il tendit son chapeau à Aglaé et posa le sandwich sur sa tête.

– Votre cerveau à vous aussi a gelé ? lui murmura Ginger en souriant.

Ginger se comportait un peu comme moi. Elle tentait d'égayer l'atmosphère. Elle parlait de leur grande promenade en Alvénir et des terres d'Alpagos qu'ils avaient foulées pendant des heures dans l'espoir de nous retrouver.

– Comment avez-vous repéré le domaine d'Alpagos ? demandai-je.

– Un coup de chance ! dit Ginger. Mon intuition nous y a conduits.

– Non, c'est ta boussole intentionnelle ! commenta Aglaé, qui semblait maintenant adhérer aux théories d'Alonn.

Dawson me fit un signe pour me dire que sa

femme perdait la tête, mais je m'empressai de lui raconter tout ce que l'Almour nous avait appris.

– L'Almour ! s'étonna Dawson en riant. On n'aurait pas pu inventer un nom pareil ! C'est ridicule !

11

Dawson tenta de tester la mémoire d'Aglaé. Il voulait connaître les limites de ses oublis. Or tout semblait définitivement effacé.

– Mince alors ! chuchota-t-il.

C'était tout ce qu'il avait trouvé à dire. Mince alors ! Subitement, sa vie avec Aglaé allait devenir sa vie avec une autre femme. Mince alors ! Quant à Aglaé, comment allait-elle supporter de retourner vivre dans ce château dont elle était presque la reine, sans même se souvenir de l'emplacement de sa chambre ou du nom de ses domestiques ? Et Margarita, comment allait-elle réagir face à cette nouvelle maman perdue et dépressive ? Tant de questions tourmentaient le pauvre Dawson.

– Je me demande si nous devons aller chercher Eulalie, s'interrogea-t-il. Nous ferions mieux de ramener Aglaé au château pour qu'elle consulte un médecin. Elle est peut-être en danger.

– Je sais où se trouve Eulalie, mais je sais aussi que nous n'avons pas le droit d'entrer dans le Palais, répondis-je.

Le hibou suivait notre conversation du haut de sa branche.

– Vous oubliez qu'Alvénir est le pays de ce qu'il vous manque ! s'exclama-t-il.

– Et alors ? demanda Dawson.

– Question idiote ! fit remarquer le hibou. Je ne réponds pas aux questions idiotes.

– Il est comme ça tout le temps, murmurai-je à l'oreille de Dawson. Il trouve presque toutes les questions idiotes.

– Qu'alliez-vous me dire alors ? reformula Dawson.

– Il lui manque la mémoire, déclara le hibou en pointant Aglaé du bout de son aile.

– La mémoire et sa sœur… Ça fait peut-être un peu beaucoup, suggéra Ginger.

– Et toi, mademoiselle Bavarde, que viens-tu chercher ? demanda le hibou à Ginger.

– En fait, moi j'accompagne tout le monde, j'ouvre les portes d'Alvénir pour les autres.

– Sang sacré ! commenta le hibou.

– Mais enfin, Ginger, il te manque aussi des parents ! lança Dawson. J'espère bien que tu souhaites profiter de ce voyage en Alvénir pour les retrouver ?

– Ma voix intérieure m'a dit que ce n'était pas mon tour. J'attendrai. Ma voix me dit toujours la vérité.

Plus personne ne s'étonnait des commentaires peu ordinaires de Ginger. Ses voix faisaient intégralement partie d'elle et ne nous surprenaient plus. Je me dis que les êtres humains étaient tous très adaptables et que finalement nous étions sans doute conçus pour accepter n'importe quels changements. Ce devait être un mécanisme de protection.

Dawson demanda au hibou comment Aglaé pouvait recouvrer sa mémoire. Il prétendit que lorsqu'elle retrouverait sa sœur sa mémoire reviendrait d'un seul coup, car tout ce qui lui manquait réapparaîtrait en même temps. Mais avant cela, il fallait venir à bout des trois épreuves : calambrer, désarmer le temps, ajouter une perle au collier sacré. Le hibou nous prévint aussi qu'il était très difficile de trouver les perles pour le collier sacré. Ce bijou avait appartenu à Altenhata, la reine des heures et du temps qui passe.

– La mère d'Alsima, la princesse, la fée… la chatte blanche… Vous vous souvenez ? demandai-je aux autres.

Aglaé leva les yeux au ciel.

– Vous vous souvenez ! C'est une question que je préférerais ne plus entendre.

Ginger se remémora sans souci le trajet pendant lequel Alsima s'était transformée en fée. Alfébor, quant à lui, répéta exactement le même monologue que lors de notre dernière visite* :

– Alsima, princesse des Portes du temps, fille d'Alvirapami, roi du vent, et d'Altenhata, reine des heures et du temps qui passe. Personne ne peut ignorer l'existence d'Alsima.

Dawson voulut savoir de quelle façon ces personnages intervenaient dans la vie des habitants d'Alvénir.

– Par exemple, qui passe les Portes du temps ? demanda-t-il au hibou.

– Question stupide ! Je ne réponds pas aux questions stupides ! répéta Alfébor.

Ginger, qui s'était remise à sauter dans tous les sens, commenta la réplique du hibou.

– Nos questions sont peut-être stupides mais vos réponses ne valent guère mieux. Il me semble que vous ne savez dire qu'une chose.

* Voir le tome 1, *Le Diable Vert*.

– Et toi, il me semble que tu dis trop de choses, rétorqua-t-il. Quelle bavarde !

Dawson ne savait plus trop comment se comporter avec Aglaé. Elle reculait de deux pas dès qu'il l'approchait. Elle fronçait le nez parce qu'il la tutoyait. Elle rougissait lorsqu'il lui disait « chérie ».

Il pensait à haute voix :

– Je ne sais pas ce qui est le plus raisonnable. Est-ce que je la ramène à Appleton pour qu'elle consulte un médecin ou est-ce que nous tentons la magie d'Alvénir ?

– Ma voix dit que la réponse est ici ! lança Ginger.

Dawson lui fit confiance. J'aimais tant les gens qui accordaient leur confiance aux enfants.

– Faites ce que vous voudrez, fit Aglaé, mais ne me laissez pas dans cet état.

Ainsi, nous reprîmes le chemin des terres d'Alpagos, résolument décidés à calambrer. Nous ne courions pas le risque de nous perdre puisque nos boussoles intentionnelles marquaient les mêmes coordonnées. Nous voulions rejoindre le château du Rouvineur, et nos pas n'hésitèrent pas une seconde à nous y conduire. Il me sembla que nous n'empruntions pas le même chemin qu'avec Alonn. Aglaé, elle, dit qu'un arbre était un arbre, que toutes les ronces se ressemblaient et que, par conséquent, elle ne voyait pas comment je pouvais émettre de tels avis.

– Les arbres ne sont pas les mêmes, insistai-je. Et puis il y a des champignons rouges partout…

Encore une fois, Ginger parvint à nous éclairer. Sa voix paraissait particulièrement loquace aujourd'hui et proposait des solutions à la plupart de nos questions.

Je finis d'ailleurs par me demander si ce n'était pas Ginger qui inventait des histoires pour le plaisir de parler.

– Les trajets ne sont jamais tout à fait les mêmes parce que les lieux se dessinent au fur et à mesure de notre progression. Il ne faut pas oublier qu'Alvénir n'est pas un monde défini. Il n'a pas de bornes, pas de limites, pas de frontières ; il a juste la taille qui correspond à la demande de chacun. Si vous vivez dans un petit village toute votre vie sans jamais partir en voyage, Alvénir aura la taille de ce petit village et ne se déploiera pas au-delà de ses portes. Voilà ce que vient de me dire la voix.

Dawson s'exclama en riant :

– C'est une véritable encyclopédie, cette voix ! J'aimerais bien en avoir une, moi aussi !

– Parfois je rêve de m'en débarrasser, grommela Ginger. Elle m'encombre. Je fais toujours ce qu'elle me dit. Je n'arrive pas à lui désobéir. Ses conseils sont des ordres, en fait. Et moi je n'aime pas les ordres.

Dawson tentait toujours de trouver des points positifs à ce qui nous dérangeait. « Regardez toujours le côté ensoleillé de la vie », nous répétait-il souvent. Il tenta de convaincre Ginger de la chance qu'elle avait d'être ainsi conseillée, instruite et protégée par sa voix intérieure, mais Ginger rétorqua sans attendre :

– J'aimerais juste savoir ce que ça fait d'être vraiment toute seule. Ça doit être reposant.

Très vite, nous croisâmes quelques Éphémères aussi dodus et édentés que ceux que nous avions déjà rencontrés. Ils prétendaient également garder les terres d'Alpagos. En fait, ils semblaient plutôt s'ennuyer. Ils voulurent savoir ce que nous venions chercher chez le Rouvineur.

– Nous venons calambrer, dis-je comme si j'avais toujours connu ce mot bizarre.

J'avais prononcé le mot de passe. Les nains ne cherchèrent pas à en savoir plus. Ils nous escortèrent jusqu'aux grilles du château en chantant leur chanson idiote :

– *Calambrer, calambrer, il est grand temps de calambrer, sinon Alpagos va grogner.*

Nous fûmes accueillis par Alvin, qui s'étonna de nous revoir et se présenta aux autres exactement comme il l'avait fait avec nous :

– Je suis Alvin, éternel laquais au service d'Alpagos.

Il prévint son maître de notre arrivée et nous conduisit vers les coulisses du petit théâtre.

Je conseillai à tout le monde de réciter un poème en alexandrins. Ainsi étions-nous certains de plaire au Rouvineur. Aglaé, elle, semblait incapable d'un tel exploit.

Nous lui fîmes donc réciter deux vers que Dawson venait d'inventer pour elle. Il dit qu'il lui fallait quelque chose de très simple qu'elle puisse retenir facilement.

– Vous me prenez vraiment pour une handicapée mentale ! pesta Aglaé.

Dawson lui demanda de répéter :

– *J'ai perdu mes idées, ah ! quelle triste histoire*
J'ai perdu mes pensées, ô rage ! ô désespoir !

Mais elle enchaîna :

– *Ô rage ! ô désespoir ! ô vieillesse ennemie !*
N'ai-je donc tant vécu que pour cette infamie ?
Et ne suis-je blanchi dans les travaux guerriers
Que pour voir en un jour flétrir tant de lauriers ?
Mon bras qu'avec respect toute l'Espagne admire,

Mon bras, qui tant de fois a sauvé cet empire,
Tant de fois affermi le trône de son roi,
Trahit donc ma querelle, et ne fait rien pour moi ?
Ô cruel souvenir de ma gloire passée !
Œuvre de tant de jours en un jour effacée !

– Calambrer n'a donc plus de secrets pour vous ! remarqua Alvin, qui s'apprêtait à nous faire entrer dans les coulisses.

Nous nous étions tous arrêtés dans le couloir, sidérés d'entendre Aglaé réciter cette tirade.

– Ma femme se souvient du *Cid*, mais elle ne se souvient plus de moi… Quelle amnésie fantaisiste ! constata Dawson amèrement.

– *Le Cid* ? De quoi s'agit-il exactement ? demanda Aglaé, surprise de ce qu'elle venait de réciter.

Elle eut à peine le temps d'entendre notre réponse qu'Alvin la propulsait sur la scène.

Comme lors de notre dernière visite, la salle était sombre, et nul ne pouvait apercevoir le visage du Rouvineur.

– C'est à vous ! dit Alvin, et cette fois-ci, c'est la bonne !

Aglaé récita de nouveau ses vers. Alpagos ne se manifesta pas plus que lors de notre précédente prestation. À mon tour, je dis un poème. Ginger et Dawson en firent autant.

Dawson s'étonna que cette première épreuve fût si facile à réaliser. Il n'avait pas saisi que sa difficulté résidait en la compréhension du mot lui-même. Il s'agissait d'une énigme pour laquelle on nous avait d'ailleurs offert quelques indices, plus que d'une véritable épreuve.

– C'est facile pour vous parce que vous n'avez eu qu'à mettre les pieds sous la table. J'avais déjà fait tout le travail ! annonçai-je fièrement.

– Tiens, tiens, notre timide Joy a acquis de l'assurance, remarqua Dawson. Et de la modestie, ajouta-t-il en m'adressant un clin d'œil.

Il me félicita d'avoir réussi à deviner ce qu'Alpagos attendait de nous.

Alvin nous offrit à chacun un plateau-repas chargé de petits pains biscornus, de fruits et de nectars moirés, semblables aux aliments qu'il nous avait servis dans la grande chambre, lors de ma première visite.

Il nous remit une sorte de parchemin signé de la main d'Alpagos qui attestait de nos capacités à calambrer. Cela dit, nous n'avions toujours pas vu le Rouvineur, et je n'étais pas certaine de son apparence humaine. Il n'avait peut-être pas de mains pour signer, mais des pattes ou des serres comme certaines des créatures que nous avions rencontrées dans le manège-tramway.

Dawson reçut le diplôme et le rendit immédiatement à Alvin :

– Je vous remercie, mais je ne pense pas avoir besoin de ce papier. Je ne suis pas venu chercher ce qu'il me manque.

– Allez, allez, pas de chichis, dit Alvin. Vous êtes là, profitez-en. Vous trouverez bien ce qu'il vous manque avant la fin de votre séjour ici. Et ne vous tourmentez pas, si vous n'avez pas trouvé, on trouvera pour vous.

– Je crois qu'il ne me manque rien, répondit Dawson. Je suis un homme comblé.

– C'est impossible, dit Alvin. Prenez ce diplôme et laissez Alvénir se charger du reste…

Dawson accepta par politesse.

Ginger refusa son parchemin à son tour.

– Je ne viens rien chercher cette fois-ci. Ma voix intérieure m'a dit d'attendre encore un peu pour retrouver mes parents.

– Votre voix ? Ah ! je vois ! Je suis sûr que vous n'avez aucun problème à passer entre les mondes, vous, remarqua Alvin.

– C'est exact, confirma Dawson. Ginger est notre

sésame. Elle seule peut nous conduire dans le monde d'Alvénir.

– Mes respects, mademoiselle Ginger, dit Alvin.

Il reprit le diplôme sans insister et nous souhaita une bonne nuit. Ginger sourit en pensant qu'Alvin avait plaisanté, mais Dawson nous demanda ce qu'Alvin avait pu sous-entendre en agissant de la sorte. Pourquoi n'avait-il pas insisté pour que Ginger prenne le parchemin elle aussi ?

On nous installa dans la chambre des invités pour passer la nuit. Le grand lit nous accueillit tous les quatre. On aurait pu encore y coucher quatre autres personnes. Aglaé s'endormit comme une masse. Elle ronflait légèrement.

– C'est drôle, une Lady Bartropp qui ronfle, remarqua Ginger.

Je me mis à glousser bêtement. Je ne pouvais plus m'arrêter. Décidément, j'étais de plus en plus sujette à ces fous rires incontrôlables.

– C'est l'âge ! constata Dawson. Margarita aussi rigole pour un rien. Je me demande pourquoi les adolescents rient ainsi tout le temps.

– Parce qu'ils trouvent encore la vie drôle, dit Ginger. Après, en général, ça se gâte. Moi je n'aurai jamais ce problème, j'ai toujours trouvé la vie plutôt triste.

Mon fou rire s'arrêta net. J'avais de la peine pour Ginger. Je me rapprochai d'elle, je lui pris la main et m'endormis, heureuse d'avoir passé cette première épreuve. Au bout de ce périple m'attendaient sans doute mes parents.

12

Notre réveil fut très matinal. J'imagine que nous avions tous hâte d'achever notre mission. Nous nous précipitâmes dans le parc du château. Nous avancions entre les cercles colorés sans savoir vraiment où nous rendre pour désarmer le temps.

– Les Portes du temps ! m'exclamai-je. Alsima est la princesse des Portes du temps ! Elle pourra certainement nous aider !

– Toi aussi, tu as une petite voix qui te donne de bonnes idées ! dit Dawson. Mais comment pouvons-nous nous rendre aux Portes du temps ?

– Boussole intentionnelle, dit simplement Aglaé, l'air las et exaspéré.

Nous sortîmes du parc par le grand portail. Dans la rue passait un manège-tramway comme celui que nous avions pris l'autre jour. Il était bondé. Je ne pus m'empêcher de chercher si Alonn ne faisait pas partie des voyageurs. J'aurais aimé le retrouver ici, mais je dus admettre que je ne le reverrais sans doute jamais. Nous décidâmes que nos pieds nous guideraient jusqu'aux Portes du temps.

– Je suis bien embêté d'avoir laissé Margarita à l'orphelinat, dit Dawson. Tout de même, Ginger, tu aurais pu la laisser venir.

– Elle n'a rien à faire ici, dit Ginger.

– Cela dit, si elle avait vu sa mère dans cet état, elle aurait sans doute été très angoissée.

– Qui est sa mère ? demanda Aglaé.

– Toi, ma chérie. Je te l'ai déjà dit : tu as une fille. Nous avons une fille : Mar-ga-ri-ta.

– Inutile d'articuler comme ça, je ne suis pas sourde. J'ai juste perdu la mémoire. On dirait que vous parlez à une femme sénile à chaque fois que vous m'adressez la parole. C'est assez pénible.

Dawson s'excusa et nous poursuivîmes notre excursion.

Nous bifurquâmes tous ensemble, comme des automates, sur un petit chemin. Aglaé s'étonna de ce changement de cap.

– Si nous changeons tous de direction à ce moment, c'est que notre boussole intentionnelle nous guide tous aux Portes du temps, dit Dawson.

– Mais je ne ressens pas du tout l'envie de

tourner, répondit Aglaé. Ma boussole à moi ne m'indique sûrement pas cette direction.

– Aglaé, ne te pose pas de questions et suis-nous ! ordonna Dawson, un peu exaspéré. Nous sommes trois sur quatre à prendre ce chemin, cela me paraît suffisant pour devenir crédible.

– Non ! refusa Aglaé.

Dawson leva les sourcils, l'air surpris :

– Je souhaite de tout mon cœur que tu retrouves ta jugeote et ta maturité... parce qu'il me semble que ça te manque aussi désormais.

– Ffff ! fit simplement Aglaé en continuant sa route tout droit.

– Aglaé, reviens ici, bon sang ! hurla Dawson. Nous n'avons pas que ça à faire.

Aglaé se retourna :

– Vous n'avez pas que quoi à faire ?

– Attendre une fofolle qui n'en fait qu'à sa tête.

– Ffff ! fit encore Aglaé, et elle reprit sa route.

La situation s'envenima ainsi longuement. Dawson suivait Aglaé en la suppliant de revenir avec nous. Elle l'envoyait balader, pestait, reprenait sa route sans se soucier de ce qu'il pourrait bien lui arriver si elle restait seule. Finalement Dawson baissa les bras.

– Je ne vais tout de même pas l'assommer pour qu'elle vienne avec nous ! dit-il.

Ginger courut alors vers Aglaé et lui glissa un mot au creux de l'oreille. Aglaé avança aussitôt vers Dawson, toute prête à le suivre.

– Ça alors ! s'exclama Dawson ! Qu'est-ce que tu lui as fait ?

– Ce que vous ne savez pas faire, visiblement, dit Ginger en sautillant devant nous.

Dawson voulut en savoir plus, mais Ginger était déjà loin devant.

– Cette petite est épatante, remarqua-t-il.

Nous marchâmes plusieurs heures en silence. Dawson et Aglaé se faisaient la tête, Ginger trottait devant nous, et moi je n'avais rien à dire à personne. Pour me rassurer, je tripotais et je regardais sans arrêt la montre d'Alonn. Elle indiquait midi, j'avais faim et soif. Finalement je brisai le silence :

– Où va-t-on s'arrêter pour déjeuner ? demandai-je.

Ma question était ridicule puisque nous étions au milieu de nulle part, sur ce petit chemin qui traversait la lande et les champs de ronces. Pas une habitation aux alentours, pas de panneaux indicateurs (mais dans ce monde, ils n'auraient sans doute pas eu la même utilité que dans le nôtre), donc pas le moindre espoir de déjeuner rapidement. Pourtant Dawson s'arrêta sous un grand conifère dont les épines mortes avaient formé au sol un tapis exempt de toute autre végétation.

Nous nous assîmes là sur le sol froid et, à ma grande surprise, Dawson sortit des provisions de son sac : quelques fruits, des pains biscornus et une bouteille de nectar moiré.

– J'avais bien pensé que nous aurions faim, dit-il, content et fier de lui.

Je lui collai un gros baiser sur la joue. Ginger fit la même chose. Aglaé prit son pain sans même regarder son mari.

– Vous n'auriez pas un verre ? demanda-t-elle lorsque Dawson lui tendit le nectar.

Dawson refusa de répondre. Le nouveau caractère de sa femme l'exaspérait.

– Ça doit être bizarre d'épouser quelqu'un qu'on aime et de se retrouver tout à coup avec quelqu'un qu'on n'aime pas, dit Ginger.

– C'est encore plus bizarre d'avoir épousé quelqu'un dont on ne se souvient pas, marmonna Aglaé.

Nous reprîmes notre route. Le vent devint très froid, un brouillard épais et bleuté s'étalait sur la lande, comme une couverture. Nous ne distinguions plus nos pieds, qui continuaient néanmoins à nous guider. Nous avions pris l'habitude de faire confiance à notre intuition. Finalement ce n'était pas difficile. Il suffisait d'accepter qu'ici rien n'était semblable à ce que nous connaissions déjà. J'étais devenue une aventurière. J'allais de découverte en découverte, je vivais une expérience originale et j'essayais de me convaincre que j'avais de la chance. Combien de filles à l'orphelinat auraient rêvé d'être à ma place, et comme June, Hope, Prudence et Margarita allaient m'envier lorsque je leur raconterais ma rencontre avec Alonn, l'Almour ! Je ne cessais de repenser à ce moment. Je ne cessais de repenser que j'allais peut-être le revoir. Il m'avait plu. Mon cœur battait plus fort lorsque je pensais à lui. Et je pensais à lui souvent. Mais pourquoi me serais-je attachée à un être d'un autre monde ? Je me trouvais ridicule, mais j'avais du mal à envisager ce que nous vivions ici comme une parenthèse. Ce que nous traversions était bien réel, je ne rêvais pas et jusqu'ici je n'avais pas rêvé. Alonn existait, et je voulais le revoir. Je me mis à penser beaucoup trop fort à lui et au palais dans lequel il vivait, si bien que mon cap changea sans que je ne m'en aperçoive.

Je me décidai à emprunter un autre chemin que personne n'avait remarqué.

Dawson me rappela vers eux.

– Alors on rêve ? demanda-t-il.

– Justement, pas du tout. Je crois que je ne rêve pas. Tout cela me semble même un peu trop réel.

– À quoi pensais-tu alors ? me demanda aussitôt Ginger, qui avait compris, bien mieux que nous tous, le fonctionnement de nos boussoles intentionnelles.

– À rien, dis-je.

– Je t'aurais bien suivie pour savoir à quoi ressemblait le « rien » que tu allais rejoindre, mais nous n'avons pas le temps de nous amuser. Dommage. J'aimerais bien m'amuser.

– Ginger, ta vivacité d'esprit m'épate de plus en plus, remarqua Dawson.

Mais comme souvent, Ginger n'entendit pas que l'on s'adressait à elle puisqu'elle gambadait de nouveau devant nous comme un jeune faon.

Je me forçai à ne plus penser à l'Almour, ce qui ne fit que renforcer mon obsession. « Garde le cap, me répétai-je. Nous devons trouver les Portes du temps, pas Alonn… », mais son nom résonnait dans ma tête entre chaque mot. Tout devenait alonnisé. Je revoyais son visage, son sourire, j'entendais sa voix. J'étais obsédée. Il me devenait impossible de me concentrer sur notre mission. C'était sûrement cela, être amoureux. Pourtant je connaissais à peine ce garçon. Je me dis qu'il m'avait sans doute jeté un sort. Les Almours étaient peut-être des sortes de Cupidon… En tout cas je me sentais envoûtée. À plusieurs reprises, mes pieds voulurent prendre d'autres chemins pour rejoindre Alonn. Dawson souriait et me rappelait à l'ordre.

Aglaé, quant à elle, semblait tout à sa mission depuis que Ginger lui avait parlé.

– Ça doit faire un drôle d'effet de retrouver la mémoire. J'ai un peu peur en fait… Vous imaginez comme votre tête doit être d'un seul coup encombrée d'un paquet de choses à trier. C'est comme trouver sa boîte à lettres pleine en rentrant de vacances…

– Alors tu te souviens de notre boîte à lettres ? se réjouit Dawson.

– Je me souviens de l'image d'une boîte engorgée par le courrier en rentrant de vacances… mais cela n'est relié à rien, je ne sais même pas de quelles vacances il peut s'agir. Suis-je déjà partie en vacances ?

Dawson regardait fixement devant lui, il avait l'air soucieux. Nous arrivions en haut d'une colline et nous entendions crier sur l'autre versant. C'était Ginger qui remontait la côte en courant vers nous. Dès que l'on put apercevoir son visage, elle hurla :

– Elles sont là ! Les Portes du temps ! Juste en bas ! Dépêchez-vous !

13

Les Portes du temps étaient une sorte de merveilleux parc d'attractions vide.

– Il n'y a pas un chat ! dit Dawson.

Il observait les lieux en passant la tête entre les barreaux de la grille qui cernait la propriété.

– Hi ! Hi ! gloussa Ginger. C'est la maison d'Alsima et vous dites qu'il n'y a pas un chat… C'est drôle.

Nous essayâmes de pousser les immenses portes en fer forgé, mais tout était fermé et désaffecté. Pourtant, Dawson constata que le jardin était parfaitement entretenu, et que les serrures du portail ne comportaient pas la moindre trace de rouille.

– Pas de doute, ce lieu est occupé ! conclut le détective en tirant sur sa pipe.

Dès que Dawson sortait sa pipe, je repensais à mon père qui fumait le même tabac caramélisé. Je respirai la fumée à pleins poumons et je fermai les yeux pour retrouver Papa.

Aglaé remarqua, à notre gauche, une poignée dorée qui activait une cloche au-dessus du portail majestueux.

– On sonne ? proposa-t-elle.

– On n'a pas vraiment le choix ! dit Dawson. Il faut faire avancer les choses.

La cloche tinta, et l'on vit arriver alors deux jolies jeunes femmes, une blonde, une brune, vêtues, à l'identique, de longues robes blanches aux manches tulipes. Elles sortaient d'une minuscule maison recouverte de fleurs (du jasmin d'hiver, remarqua Dawson).

Leur démarche était assez curieuse. Elles collaient leurs bras contre elle et se balançaient comme des pingouins.

– Bienvenue au domaine des Portes du temps ! dirent-elles en chœur d'une voix douce et rauque à la fois. Avez-vous fait une réservation ?

– Heu… non… bafouilla Dawson. Mais vous ne semblez pourtant pas afficher complet…

– Nous sommes désolées, vous ne pouvez pas prendre votre tour sans réservation.

– Prendre notre tour pour quoi ? demanda Aglaé.

– Pour faire passer le temps, dit l'une des deux.

– Nous ne sommes pas venus pour passer le temps, nous sommes venus pour le désarmer.

– Oh ! firent-elles toutes les deux en plaçant leur main devant la bouche.

– La deuxième épreuve, précisai-je.

– Vous savez tout de même à quoi vous vous exposez ? demanda la blonde en nous ouvrant le portail.

– Pas du tout, dit Dawson. Est-ce dangereux ?

Les filles nous conduisirent dans leur petite maison. Il s'agissait d'un bureau d'accueil. Elles se placèrent derrière un comptoir en bois et sortirent une liasse de formulaires.

– L'épreuve n'a pas lieu ici même, dit la blonde.

– Vous devrez signer les papiers de décharge et les remettre à la personne concernée. Nous ne pouvons être tenus pour responsables en cas d'accident temporel, ajouta l'autre.

– Pouvez-vous nous donner un exemple d'un tel accident ? s'inquiéta Dawson.

– Le temps sans ses armes n'est plus le temps, et sans le temps, nous sommes tous perdus, dit la brune.

Les deux originales nous offrirent un tour du domaine des Portes du temps. Une grande bâtisse en forme de pendule sans aiguilles, devant laquelle était construite une immense piscine, fut notre première halte. Des centaines de transats alignés avec soin laissaient penser que l'endroit devait parfois être très fréquenté.

– Ici, on prend son temps, dit l'une.

– Reposant ! dit la femme blonde.

Plus loin, on voyait un stand semblable à ceux des fêtes foraines auxquelles mon père m'emmenait lorsque j'avais six ans. Il ressemblait à un petit chalet de bois sculpté, décoré de lampions et de guirlandes.

– Sur ce stand de tir, vous pouvez tuer le temps, ajouta la brune. Amusant !

Nous passâmes devant une clepsydre géante qui crachait de l'eau comme une cascade et le grand hôtel « De temps en temps » recouvert de vigne vierge flamboyante.

– Mais où sont les visiteurs du domaine ? s'inquiéta Aglaé.

– Nous sommes fermés chaque egayov.

– Je vois, dit Dawson poliment.

– Moi je ne vois pas du tout, s'exclama Ginger. Qu'est-ce que ça veut dire, egayov ?

– Eménic, egayov, egartem… sont les trois jours du cycle. Nous sommes fermés un jour sur trois, expliqua la brune.

Au cours de notre conversation, nous apprîmes que nous n'étions pas exactement au bon endroit. En effet, ce parc d'attractions était un lieu de divertissement auquel on avait donné le nom de « Portes du temps », comme on donne à certains hôtels le nom des monuments qui les jouxtent. Les véritables Portes du temps se situaient à une petite heure de marche de là. Il existait trois portes. Nous n'en sûmes pas plus. Nos deux hôtesses n'en savaient pas plus non plus. Elles n'avaient jamais rencontré Alsima, mais elle savait que depuis son retour en Alvénir de nombreux problèmes avaient été résolus.

– Quel genre de problèmes ? demanda Dawson.

– Des problèmes de passé et d'avenir. Alsima sait ouvrir les Portes du temps. Elle circule d'une époque à l'autre ou d'un jour à l'autre en quelques secondes, et parfois elle rapporte ce que l'on a oublié dans le passé. Parfois elle essaie aussi de réparer le mal qui a été fait, expliqua la blonde.

– Ou le mal qui va être fait… ajouta la brune.

Nous étions convaincus qu'il nous fallait rencontrer Alsima pour réussir notre deuxième épreuve. Nous l'avions aidée à revenir en Alvénir, elle nous aiderait peut-être à son tour.

Les véritables Portes du temps ne ressemblaient pas au parc d'attractions que nous venions de laisser derrière nous. Elles se trouvaient au sommet d'une petite montagne verdoyante dont l'ascension nous épuisa plus encore que tout ce que nous venions d'endurer. Là, se dressaient les trois portes. Elles n'étaient fixées à rien. On aurait dit cependant qu'elles reliaient le ciel avec la terre tant on avait du mal à définir leurs contours. Elles paraissaient un peu molles, encastrées dans une sorte de brume pareille à un grand drap de mousseline.

– Waouh ! C'est beau ! s'exclama Ginger. J'aime bien les belles choses.

Elle s'assit pour contempler le spectacle.

À chaque fois que Ginger s'arrêtait un instant de sauter, je m'inquiétais pour elle. Au loin, on apercevait la vallée, le domaine des Portes du temps et un petit lac en forme de cœur qui reflétait les rayons des deux soleils. Je ne pus m'empêcher de repenser à Alonn. Le cœur ne pouvait m'évoquer que l'Almour.

– Et maintenant que nous sommes là, que comptez-vous faire ? demanda Aglaé à Dawson. Je meurs de froid.

Dawson n'hésita pas un instant. Il offrit son manteau à sa femme.

– Vous voyez bien, Aglaé, que les hommes de notre monde sont galants, eux aussi, dis-je.

– J'ai dû oublier cela également, rétorqua Aglaé en soupirant.

– Je ne suis pas galant, je suis amoureux, précisa Dawson.

– Je vous en prie, toussota Aglaé, si l'on pouvait éviter ce genre de propos pour l'instant… Vous me mettez extrêmement mal à l'aise. Nous reparlerons de nous quand j'aurai recouvré ma mémoire… si je la recouvre.

Dawson s'éloigna, l'air un peu fâché. Il fit le tour des portes et tenta d'allumer sa pipe, mais le vent soufflait trop fort. Il tendit le bras pour essayer de toucher les portes et fut projeté en arrière par une force invisible. Il tomba par terre.

– Surprenant ! s'exclama-t-il.

Ginger se précipita vers lui pour s'assurer qu'il allait bien, puis elle tendit à son tour la main vers une autre porte et subit le même sort que Dawson. Elle rit.

– Je pensais que j'avais peut-être des pouvoirs que vous n'aviez pas devant ces portes. Mais pour une fois, on se ressemble.

Elle ne se releva pas, s'étendit dans les herbes sauvages, les bras en croix, et s'exclama, l'air victorieux :

– Ah ! ça fait vraiment du bien d'être normale !

Les nuages dodus traversaient le ciel à vive allure. Tous allaient dans le même sens, comme une procession pressée par le temps. Vers où se précipitaient-ils ainsi ? Que fuyaient-ils ? Nous étions fascinés par l'urgence et la panique qui se dégageaient de cette accélération céleste. Le vent sifflait et nous refroidissait les extrémités. Les trois portes ondulaient sous l'emprise de la brise. Les deux soleils diamétralement opposés à cette heure noyaient l'atmosphère dans leurs rayons pâles et hivernaux.

Ginger était restée dans la même position, allongée et les bras en croix.

– Tout va bien ? lui demandai-je.

Son calme me perturbait de nouveau. J'avais sans doute peur qu'elle aussi ne se ressemble plus. L'amnésie d'Aglaé avait suffisamment bousculé mes repères, et sur ces terres inconnues, j'aurais préféré que mon entourage reste constant et rassurant.

– C'est beau, répéta-t-elle.

Dawson s'escrimait à allumer sa pipe. On aurait dit qu'il ne pouvait mettre au point un plan d'action qu'avec une pipe allumée.

– Désarmer le temps... C'est tout de même assez curieux, non ? dit-il.

Il n'attendait aucune réponse. Il poursuivit :

– Quelles sont les armes du Temps ? Voilà la question à laquelle nous devrions sans doute répondre. Mais alors, là... ça me laisse perplexe.

Trois petites filles âgées de quatre ou cinq ans et totalement identiques apparurent devant l'une des portes. Trois petites fées ailées, tout de blanc vêtues. À peine nous aperçurent-elles qu'elles prirent l'apparence de chatons albinos et se mirent à miauler. Alsima dans son habit de fée leur ouvrit alors la porte. Nous l'aperçûmes dans l'entrebâillement.

– Alsima ! Alsima ! hurlai-je.

Elle nous sourit.

– Je vous présente mes futurs enfants… Je leur rends visite de temps en temps.

– Alors ça, c'est la porte de l'avenir ? demanda Ginger.

– On l'appelle la porte du destin.

Les chatons s'étaient précipités aux pieds de leur mère.

– Que doit-on faire pour désarmer le temps ? demanda Dawson sans plus attendre.

– Chronos, qu'on appelle aussi « le Temps », habite ici, dit-elle en indiquant une autre porte. Il ne se sépare jamais de sa faux et de son sablier. Ce sont ses armes.

– Les symboles du temps qui passe et de la mort, commenta Dawson en fronçant les sourcils. À part quelques Éphémères, je pensais que vous étiez tous éternels ici. Sa faux ne doit pas vous déranger plus que cela.

Les pouvoirs de Chronos s'amenuisaient depuis que la Grande Chouette dirigeait Alvénir. En effet, elle avait compris que, si personne ne pouvait arrêter le temps sans arrêter la vie, on pouvait tout de même en limiter les effets. Il suffisait pour cela d'ajouter du sable au sablier de Chronos et d'émousser sa faux. Ainsi, le temps passait plus lentement et la mort ne fauchait plus grand monde.

Depuis le retour d'Alsima en Alvénir, depuis que les Portes du temps pouvaient de nouveau être ouvertes, la Grande Chouette avait décidé de mettre à l'épreuve tous les visiteurs qui venaient en Alvénir pour chercher ce qui leur manquait. L'échange lui semblait équitable. Les visiteurs ajoutaient des heures de vie aux habitants d'Alvénir, tandis qu'Alvénir ajoutait du bonheur à la vie de ses visiteurs.

– Mais comment la Grande Chouette saura-t-elle que nous avons été au bout de notre mission ? demandai-je.

– Vous lui apporterez les armes. Elle ajoutera du sable et émoussera la faux elle-même, puis vous retournerez déposer le tout chez Chronos, dit Alsima.

– Et si nous échouons au moment de lui rendre ses armes ?

– Le temps ne serait plus le temps sans ses armes… Vous ne pourrez pas échouer, dit la fée-chatte.

Il demeurait pourtant un risque. Les hôtesses du domaine des Portes du temps nous avaient déjà mises en garde, et nous avions signé les décharges à ce sujet. Le temps sans ses armes n'était plus le temps, et nous risquions d'avoir quelques surprises.

– Sans surprise la vie ne serait pas la vie, dit Alsima. Prévenez-moi quand vous serez prêts et je vous ouvrirai la porte de Chronos.

– Nous sommes prêts ! déclara Aglaé sans attendre. Qu'on en finisse avec tout ça !

Nous n'eûmes pas le temps d'appréhender l'instant, Alsima venait de nous propulser dans la maison du Temps.

14

Jamais je n'aurais imaginé me retrouver dans un pareil lieu. La maison de Chronos n'était ni un nuage ni un lieu insolite et magique, mais un appartement cossu. Le couloir exagérément éclairé par lequel nous étions entrés était tapissé de velours fleuri, rouge et noir. Un joli parquet ciré grinçait sous nos pieds.

– Tu aurais quand même pu attendre qu'on soit prêts, Aglaé, pesta Dawson. Tu nous mets dans une situation compliquée.

– Nous aurions forcément été dans une situation compliquée, monsieur Dawson, répondit-elle en levant le menton.

J'avais très peur. Je me sentais en totale infraction, comme une voleuse. Comment pouvions-nous nous permettre de nous promener chez des gens qui ne nous avaient même pas invités ?

On entendait de la musique. Une musique très

curieuse qui m'angoissait encore plus. Une femme vint à notre rencontre. Elle ressemblait un peu à une sirène tant sa robe était moulée et nacrée.

– Êtes-vous les nouveaux domestiques ? demanda-t-elle. Ne deviez-vous pas être cinq ? Je suis Ananké, madame Ananké, déesse de la natalité et de la fatalité, votre patronne.

Dawson nous fit un clin d'œil discret et parvint rapidement à nous faire accepter dans cette demeure.

– Oui, effectivement, nous sommes là pour vous servir, répondit-il.

Aglaé marqua un temps d'étonnement et resta la bouche ouverte.

Ananké nous conduisit à la cuisine et nous indiqua les placards à balais, les produits d'entretien, les garde-manger, l'entrée de la cave à vin.

– On a dû vous prévenir pour… le physique un peu… particulier de mon mari. Vous ne paraîtrez donc pas surpris lorsque vous le servirez ce soir.

Nous ne disions plus rien. Nous nous contentions tous de hocher la tête par peur de nous mettre dans une situation périlleuse.

Elle nous remit un tablier à chacun, une liste des tâches à accomplir chaque jour, une série de menus, puis elle disparut en faisant claquer ses talons sur le parquet.

– Et maintenant, quoi ? demanda Aglaé. Nous voilà bien, affublés de ce déguisement de domestiques ! Je ne me sens pas à ma place… mais alors pas du tout, du tout.

– Je te reconnais bien là, Aglaé. Noble en toutes circonstances ! s'amusa Dawson.

Dawson, lui, demeurait placide en toutes circonstances. On aurait dit un vieux médecin de campagne, un homme qui aurait vu naître et mourir des centaines de personnes et que plus grand-chose n'effrayait désormais. Il avait toujours confiance, en lui, en les autres, en l'avenir. J'avais l'impression qu'il ne pensait jamais à ce qui pouvait arriver, qu'il ne s'encombrait pas avec des possibilités ni des prévisions. Dawson vivait tranquillement chaque instant, s'attelant à nos problèmes les uns après les autres. Je n'avais repéré un moment d'anxiété dans son attitude qu'au moment où il avait retrouvé Aglaé devant la source, mais, très vite, son flegme et son humour rassurants avaient repris le dessus.

Il noua son tablier. Nous l'imitâmes.

– Un grand ménage s'impose, dit-il.

Il nous distribua des torchons, des plumeaux, du produit nettoyant, et nous sépara en deux groupes. Il hésita un moment : devait-il rester avec une enfant et confier l'autre à Aglaé ou fallait-il garder un œil sur sa femme ? Devant ses mimiques indécises, Ginger prit la parole :

– Je crois qu'il vaut mieux que vous gardiez votre femme avec vous. Elle n'est pas vraiment en mesure de s'occuper de nous, vous savez. Joy et moi sommes assez fortes pour vaquer seules dans cette maison et revenir vers vous au moindre problème.

Je hochai la tête mais je ne croyais pas vraiment à ce qu'affirmait Ginger. Cependant, je ne voulais plus être encombrée par la nouvelle Aglaé. Mes dernières heures passées à ses côtés avaient été beaucoup trop éprouvantes. J'aurais préféré ne pas me séparer des autres, mais Dawson dit que nous allions paraître suspects si nous nous déplacions toujours en groupe.

Il fallait épousseter toutes les pièces de façon à mieux connaître les lieux, sans pour cela avoir l'air curieux. Le premier qui rencontrerait Chronos devait prévenir les autres.

Ginger et moi visitâmes tout d'abord un immense salon au milieu duquel trônait un grand fauteuil, surélevé par trois sortes d'appuis-tête qui formaient un trèfle géant.

Les fenêtres donnaient sur un parc ensoleillé et fleuri. Apparemment, le froid des montagnes d'Alvénir ne passait pas derrière les Portes du temps. On se serait crus en été.

– Tu te rends compte qu'on est dans le salon du Temps ! chuchota Ginger, qui passait distraitement le plumeau sur des étagères en bois. On est chez l'homme qui fait passer nos vies, le chef de tout en quelque sorte.

– Mais non ! Ce monstre est le Temps d'Alvénir, pas notre temps à nous.

– Alors, en fait, la fin du monde d'Alvénir se produira peut-être juste le jour où il mourra.

– Tu plaisantes, il est sûrement immortel.

– Personne n'est immortel, dit-elle sèchement. C'est de la foutaise de croire à l'immortalité. Il y a juste des gens un peu plus éternels que les autres, mais ça ne dure jamais…

Un bruit nous fit sursauter. Une grosse tortue franchit le seuil de la porte. Elle semblait inoffensive, pourtant nous n'osions plus nous parler de peur qu'elle ne soit là pour nous espionner. En un regard, Ginger et moi avions décidé de passer dans une autre pièce. Nous croisâmes Dawson et Aglaé dans le couloir. Il nous fit un clin d'œil. Aglaé le suivait en levant les yeux au ciel.

– Tout ça pour retrouver la mémoire ! maugréa-t-elle lorsqu'elle passa devant nous.

– Et votre sœur… et mes parents, ajoutai-je.

J'entrai dans une sorte de salle de jeux.

– Tu crois que le Temps a des enfants ? s'étonna Ginger.

– C'est peut-être une salle pour les enfants de Chronos ou pour ses neveux... Ça m'étonnerait qu'un...

Un coup sur la porte me fit de nouveau sursauter. La même grosse tortue venait de cogner sa carapace en prenant son virage pour nous rejoindre.

– Elle nous suit partout, chuchota Ginger. C'est louche.

– Elle a peut-être juste besoin de compagnie, remarquai-je.

Ginger partit en courant dans le couloir. Je la suivis en lui recommandant plus de prudence.

– Une domestique, ça ne court pas ! lui dis-je.

– Qu'est-ce que tu en sais ? Tu n'as jamais eu de domestiques, répondit-elle.

Dans la pièce suivante, assise à un bureau, se tenait une créature étrange. Un corps de serpent, recouvert d'écailles, deux bras et trois têtes, d'homme, de lion et de taureau.

Dès que j'aperçus le monstre, je repartis en courant chercher Dawson.

Ginger me suivit en remarquant :

– Hé ! je croyais que les domestiques, ça ne courait pas !

– On a trouvé un monstre ! dis-je à Dawson, qui faisait semblant de nettoyer un miroir.

– Est-ce qu'il avait un sablier et une faux ?

Nous n'avions pas vu autre chose que ses trois têtes inquiétantes.

Dawson me demanda de l'accompagner à la salle. Il jeta un coup d'œil discret sur le monstre en restant dans le couloir et conclut :

– Chronos ! C'est bien lui ! Je me demande si ses trois têtes s'endorment en même temps. Je sens que ça va être compliqué de le désarmer.

– Dans les romans, ils mettent du somnifère dans la soupe, dis-je. Comme nous sommes cuisiniers, nous pourrions peut-être…

– Et dans ton roman à toi, tu le trouves où, le somnifère ? demanda Dawson.

– On pourrait le soûler ! proposai-je fièrement. Ça aussi, ils le font dans les romans.

– Tu lis de curieux romans ! s'exclama Dawson, qui avançait rapidement vers la salle de bains où se trouvaient Aglaé et Ginger. On aurait dit qu'il avait un peu peur de laisser sa femme sans surveillance.

Nous nous hâtâmes de préparer le repas en suivant

les instructions du grand carnet de recettes que nous avait confié la déesse Ananké.

– Je me demande bien quelle bouche va manger tout cela, dit Ginger. Celle du taureau, du lion ou de l'homme ? En fait, ça me fait un peu peur de servir à manger à ce monstre.

Je n'avais jamais fait la cuisine, Ginger et Aglaé non plus. Dawson, lui, semblait tout maîtriser parfaitement. Il coupait, râpait, chauffait, flambait avec une aisance remarquable. Nous étions supposées l'aider. Je ne savais faire qu'une chose : peler les fruits et les légumes. Ginger les coupa en morceaux. Quant à Aglaé, elle devait trouver les ingrédients dans les placards, mais elle s'arrêtait sans arrêt pour commenter tout ce qu'elle découvrait.

– Qu'est-ce que c'est que cette poudre ? De l'Almangar... Vous connaissez, monsieur Dawson ? Et à quoi peut bien servir ce tuyau rayé ? Et là, regardez ! Quelle horreur ! Ils gardent des dents dans un bocal de verre ! Des dents dans une cuisine !

– Ce ne sont pas des dents, dit Ginger. C'est du sucre concassé.

– Et puis arrête de m'appeler monsieur Dawson ! s'énerva le cuisinier. Je te rappelle que nous sommes mariés.

– Qu'est-ce qui me le prouve ?

– Nos alliances sont semblables, dit Dawson en versant de l'huile dans une poêle.

Aglaé leva les yeux au ciel.

Ananké apparut sur le pas de la porte de la cuisine pour s'exclamer :

– Vous n'avez pas entendu la sonnerie ? J'ai sonné pour le repas ! Le dîner doit être servi immédiatement, je vous le rappelle. Et le couvert n'est pas encore mis ! Quel laisser-aller ! N'oubliez pas que vous travaillez chez Chronos et qu'ici les choses doivent être faites à temps.

– Allez mettre le couvert, les filles, et toi, Aglaé, va chercher du vin à la cave, ordonna Dawson.

Aglaé refusa de se rendre seule au sous-sol. Dawson abandonna les fourneaux quelques instants et remonta en souriant avec deux bouteilles :

– Château des Heures creuses, grand cru classé !

Il tourna la bouteille dans tous les sens.

– Évidemment, il n'y a pas de date.

Ginger et moi ne savions absolument pas dresser une table. À l'orphelinat, nous avions juste une assiette, un verre et nos deux couverts. Ananké passa et repassa dans la salle à manger pour vérifier que tout était comme elle le souhaitait.

– Vous ne savez pas faire grand-chose, il me semble ! dit-elle. L'agence m'avait pourtant dit qu'elle m'envoyait du personnel qualifié.

Elle plaça les couverts comme elle l'entendait et s'assit à un bout de la grande table en métal doré.

Puis Chronos entra. Ginger se mit à trembler. Jamais nous n'avions vu un corps de serpent aussi gros. Jamais nous n'avions vu un serpent marcher sur deux pieds chaussés de babouches. Il s'installa dans son fauteuil spécial et posa ses trois têtes contre les trois appuis-tête. Il tenait toujours sa faux dans une main, son sablier s'écoulait dans un étui fixé à sa ceinture.

Ginger s'enfuit vers la cuisine. Je la suivis.

15

Dawson apporta différents plats à Chronos et à sa femme. Il leur servit du vin, tel un parfait majordome. Il bouscula Chronos en lui proposant du pain et frôla alors sa faux. Chronos émit un râle tonitruant que nous entendîmes de la cuisine.

– Jamais, jamais vous ne devez toucher aux armes du Temps ! grognèrent ses trois têtes en chœur.

– Pardon, dit simplement Dawson, qui, lorsqu'il revenait à la cuisine pour déposer ou prendre un plat, déclarait systématiquement la même chose.

– Ça ne va pas être une partie de plaisir !

Aglaé s'était servi un verre de vin et le sirotait le plus tranquillement du monde. Dawson le lui arracha des mains.

– Tss, tss ! fit-il. On boira plus tard. Pour l'instant, gardons nos esprits alertes.

– Mais enfin, monsieur Dawson, cessez de me traiter comme une petite fille ! maugréa Aglaé.

Dawson n'avait plus le cœur à plaisanter. Il vida le verre d'Aglaé dans l'évier et repartit au salon. Il revint un peu plus tard en répétant :

– Non, vraiment, ça ne va pas être une partie de plaisir

– Je crois que nous avons compris ! s'énerva Aglaé.

Je m'étonnais de notre calme et de notre facilité à garder notre sang-froid face à ce que nous vivions.

Je continuais à découvrir les immenses capacités d'adaptation des êtres humains. Après de telles aventures, la vie à l'orphelinat allait sans doute me paraître fade et facile. Du parc de l'abbaye jusqu'à cette demeure, en passant par le monde d'Alvénir, nous nous étions déplacés d'un endroit à l'autre sans que cela nous perturbe ni nous transforme. L'univers me semblait pareil à des poupées gigognes. On aurait dit que la terre englobait le monde d'Alvénir, qui, lui-même, comprenait d'autres sous-mondes comme le royaume du Temps ou l'Éphémérie. Peut-être aussi était-ce l'inverse. La plus petite poupée aurait été alors notre Univers inclus dans le monde d'Alvénir, lui-même hébergé par le royaume du Temps. Je soumis cette idée à Ginger, qui répondit aussitôt que rien n'empêchait tous ces mondes d'exister côte à côte.

J'avais du mal à accepter sa supposition parce que je ne m'étais jamais sentie dépaysée dans les endroits où nous étions passés. Je supposais donc qu'ils faisaient partie d'un ensemble cohérent et qu'ils avaient obligatoirement un point commun.

– Tu sais, on cherche partout ce que l'on connaît déjà pour se rassurer, mais tu pourrais aussi ne voir que des trucs inhabituels autour de nous. Moi, par exemple, je n'avais jamais vu de monstre à trois têtes avant, et ce n'est pas parce que cette maison ressemble à une vraie maison que les gens qui l'habitent ne me font pas peur, ajouta-t-elle.

Dawson fit un dernier aller-retour à la salle à manger. Il se retint de répéter encore sa phrase fétiche ; cependant, il semblait soucieux.

– Je ne vois pas comment nous pourrons récupérer ses armes, à moins qu'il ne dorme à poings fermés, dit-il.

À cet instant, un carillon retentit. Ananké hurla :

– On sonne, domestiques ! Êtes-vous sourds ? Allez ouvrir, qu'attendez-vous ?

Dawson se précipita. Je le suivis.

– Nous sommes les domestiques de l'agence, annonça l'une des cinq personnes qui se tenaient devant la porte d'entrée.

Dawson fit une grimace embarrassée. Il se gratta la gorge, se mordit la lèvre et répondit tout bas :

– L'agence ne vous a pas précisé que vous ne commenciez que demain ?

– On nous a dit de venir en urgence. Est-ce vrai que la déesse Ananké a renvoyé l'intégralité de sa dernière équipe ? demanda un homme très brun, petit et sec. Dis donc, ça n'a pas l'air de rigoler, ici.

– Non, non, ça ne rigole pas, confirma Dawson. C'est pour cela que je vous conseille de revenir demain.

On entendit les talons d'Ananké résonner dans le couloir. Elle venait vers nous.

Dawson essayait de mettre fin à la conversation, il tentait de refermer la porte en répétant : « À demain, à demain », mais les pas d'Ananké se rapprochaient. On l'entendit dire :

– Domestiques ! De quoi s'agit-il ?

– Je m'occupe de tout, répondit Dawson d'une voix sûre. Ne vous inquiétez pas, madame.

Elle continuait à avancer. Les cinq visiteurs ne semblaient pas décidés à partir. Ananké allait découvrir la supercherie.

– Filez avant que la déesse Ananké ne vous voie, dit finalement Dawson. Sinon je ne pense pas que vous garderez ce poste…

Il referma la porte au moment où notre patronne arrivait près de nous.

– Qui était-ce ? interrogea-t-elle en rouvrant la porte.

Mon cœur fit un bond douloureux. J'avais l'impression qu'il s'était arrêté de battre. Heureusement, les domestiques n'étaient plus là. On distinguait juste leurs silhouettes au bout de l'allée.

– Ces personnes s'étaient perdues, dit Dawson.

– Mais enfin, ce n'est pourtant pas commun de se perdre dans le parc de Chronos. Tout le monde connaît notre demeure. Êtes-vous sûr qu'il ne s'agissait pas de voleurs ? Vous savez que des bandits essaient parfois de voler la faux et le sablier de mon mari ?

– Vraiment ? s'étonna Dawson d'une façon fort naturelle. Quelle drôle d'idée !

– Ayez l'œil, domestiques, ayez l'œil… En attendant je vais lâcher les chiens sur ces vauriens, s'exclama Ananké.

Dawson s'efforça de protéger les visiteurs en assurant qu'ils n'avaient pas l'air de bandits, mais il était trop tard. Ananké avait appuyé sur un interrupteur qui déclencha l'ouverture d'une cage. On entendit des aboiements féroces et des cris. Je croisai les doigts pour qu'il n'arrive rien de grave aux véritables domestiques, mais nous ne pouvions sortir afin de vérifier qu'ils étaient tous sains et saufs.

Ananké prit mon visage dans sa main droite toute froide et serra mon menton entre son pouce et son index.

– Vous êtes bien jeune, vous ! Un peu trop jeune…

– C'est ma fille, dit Dawson. J'assure sa formation.

– Depuis quand m'envoie-t-on des domestiques en formation ? rétorqua Ananké.

– Ma fille ne vous décevra pas, je vous le promets, répliqua Dawson.

– Je demande à voir… et je verrai, assena-t-elle avec autorité.

Elle n'avait pas lâché mon menton. Je ne savais pas quoi dire ni que faire. Je restais là, immobile, avec un sourire niais et gêné. La déesse finit par me libérer. Je lui fis une petite révérence et nous retournâmes, Dawson et moi, vers la cuisine.

– On a eu chaud ! chuchota-t-il. Mais je me sens vraiment coupable d'avoir offert les domestiques aux chiens.

– Je trouve que ça commence à nous coûter très cher de retrouver ce qu'il nous manque… Finalement on aurait peut-être dû rester comme on était, dis-je.

– Sans Eulalie ? Sans tes parents ? s'étonna Dawson.

– Je ne sais pas… je ne sais plus… Je crois que je suis très fatiguée.

Je sentis quelques larmes tiédir mes joues. Dawson me prit par l'épaule et m'encouragea :

– Pourtant, il va te falloir encore plein de forces parce que ce qui reste à venir ne va pas être une…

– Une partie de plaisir ? répondis-je, l'air triste, mais quand même un peu amusé.

Dawson sourit. Ça ne le gênait jamais que l'on se moque de lui.

Aglaé et Ginger nous attendaient en silence dans la cuisine. Ginger arpentait la pièce en faisant tourner ses bras comme un moulin.

– On fait quoi maintenant ? demanda-t-elle à Dawson.

– On attend la nuit. On attend qu'ils dorment.

– Et s'il n'y avait pas de nuit ici non plus ?

– Étrange éventualité… dit Dawson.

L'idée de Ginger se révéla cependant tout à fait juste. Nous attendîmes pendant des heures que la nuit tombe, mais ici, comme dans le monde d'Alvénir en plein hiver, la nuit n'existait pas. Il fallut refaire à manger, servir encore le monstre et sa femme, astiquer les cuivres, nettoyer les carreaux, balayer la terrasse… Chronos ne dormait jamais ! D'ailleurs, je me rendais compte que nous n'avions pas vu de chambres dans cette maison.

La grosse tortue continuait à nous tenir compagnie. Elle nous suivait lentement mais sûrement. Au pays du Temps, le temps passait trop doucement. Nous étions épuisés par le manque de sommeil. Aglaé se demanda comment les autres visiteurs avaient fait pour voler les armes du Temps.

– On n'a qu'à proposer à Chronos un échange qui l'intéresse, s'écria Ginger.

– Qu'est-ce qui pourrait intéresser le Temps ? demanda Dawson.

– Ma voix dit qu'il faut aller lui parler, dit Ginger, et, sans attendre, elle se précipita vers le bureau de la créature.

Dawson ne parvint pas à l'arrêter. Je la suivis. Je voulais la voir faire sa proposition. J'aurais tellement aimé être aussi téméraire.

Elle frappa à la porte du bureau de Chronos. J'ignorais ce qu'il pouvait écrire ainsi toute la journée, mais il noircissait des centaines de pages.

– Bonjour, monsieur Chronos, dit-elle.

– Rrrrr, grogna la tête de lion.

– Bonjour, monsieur le Lion, bonjour, monsieur le Taureau… En fait, je ne sais pas trop qui je dois saluer.

– Pourquoi me dérangez-vous ? demanda la tête d'homme sans se retourner.

– Qu'est-ce que vous écrivez ? rétorqua Ginger.

– Les Mémoires du Temps, répondit la tête de taureau.

– Vous ne devez pas avoir grand-chose à raconter sur votre vie puisque vous passez votre temps à écrire.

Chronos retourna ses trois têtes.

– C'est intéressant, ce que tu racontes, petite. Qui es-tu ?

– Une domestique.

– Dis-moi encore des choses intéressantes, domestique !

– Si vous me prêtez vos armes quelques instants.

Les trois têtes se mirent à rire :

– Tu es amusante et tu as du culot, déclara l'homme.

– Oui, mais je dis des choses intéressantes… N'est-ce pas ?

– C'est vrai. C'est rare… et ce n'est pas cette

idiote d'Ananké qui parviendrait à me distraire l'esprit.

– Pourquoi est-elle votre femme, alors ?

Les trois têtes se regardèrent, s'interrogèrent du regard.

– Oui, décidément, tu dis des choses étonnantes. Tu poses les bonnes questions. Les bonnes questions sont celles auxquelles on n'arrive pas à répondre sans réfléchir longtemps.

– Je suis une spécialiste des bonnes questions et des choses intéressantes, c'est certain, affirma Ginger en sautillant d'un pied sur l'autre. Alors c'est oui ? Vous me prêtez vos armes ? Je vous assure qu'en échange je vous parlerai toute une journée.

– Qu'est-ce qu'une journée ?

– C'est un comble ! s'exclama Ginger. Vous êtes le Temps et vous ne savez pas ce qu'est une journée… Êtes-vous bien sûr d'être à votre place, ici ?

Les trois têtes félicitèrent Ginger pour cette question, qu'elles trouvèrent des plus pertinentes.

– Non, vraiment, jamais personne ne m'avait ainsi fait réfléchir de la sorte, dit la tête d'homme. Je veux bien accepter ton marché, mais tu resteras à mes côtés aussi longtemps que je le voudrai.

– C'est impossible. Ma vie à moi est courte.

– Comment cela ? demanda la tête de taureau.

Je m'avançai timidement et je déclarai :

– Nous sommes… des Éphémères, monsieur Chronos. Nous devons tout faire vite et bien.

Chronos me demanda des précisions. Il avoua qu'il n'avait pas eu souvent la chance de converser « intelligemment ». En fait, il se sentait très seul, car personne ici n'avait jamais su le distraire. Sa femme n'abordait avec lui que des sujets pratiques. D'ailleurs, elle ne savait, semblait-il, parler que de la composition des repas, du nombre de fleurs dans la jardinière, des listes à rédiger pour les domestiques qu'elle renvoyait régulièrement sans véritable raison.

– Vous n'avez pas d'amis ? m'inquiétai-je.

– Le Temps n'a jamais eu d'amis. Tout le monde se plaint du Temps, du temps qui passe. Vous connaissez la rengaine, n'est-ce pas ? répondit-il, l'air un peu morose.

– C'est bien pour cela que je vous offre mon amitié contre vos armes, proposa de nouveau Ginger.

Chronos voulait savoir ce que nous comptions faire de son sablier et de sa faux. Je crois que nous l'amusions, finalement. Ginger ne put se retenir d'être franche. Elle raconta notre histoire dans son intégralité. Les trois têtes nous fixaient sans cligner des yeux.

Cependant, j'empêchai mon amie de poursuivre son récit lorsqu'elle commença à parler de la Grande Chouette. Chronos ne devait pas connaître ses ruses pour atténuer les ravages du temps. Je pris pitié du monstre. Quelle raison aurait-il de continuer à vivre s'il apprenait qu'une Grande Chouette le maîtrisait à son insu ? Le Temps n'avait qu'une fierté, qu'un bonheur : être immaîtrisable. Le reste de son existence semblait vide et un peu triste. Nous ne pouvions pas lui avouer que son pouvoir sur Alvénir s'atténuait un peu plus à chaque fois qu'on lui volait ses armes.

– Est-ce que vous ne régnez que sur Alvénir ? demandai-je.

Il parut surpris. Trois paires d'yeux s'ouvrirent en grand.

– Je ne vois pas d'autre endroit où régner, dit la tête d'homme.

– Sur terre, nous avons aussi un temps, mais il passe avec des jours, des nuits, des heures, des minutes. Ça ne doit pas être le même temps.

– Il existe des centaines de mondes et des centaines de temps. En fait, il y a un temps pour tout, m'expliqua la tête de taureau.

Les deux autres têtes reprirent ensemble :

– Il y a un temps pour tout.

La tête de lion s'adressa à Ginger :

– J'adore vos histoires, vous êtes passionnante et divertissante. Je reformule mon marché : je prête mes armes à votre amie, mais vous devrez me parler sans vous arrêter jusqu'à ce qu'elle me les rapporte. Je vous garde en otage, en quelque sorte.

– Marché conclu ! dit Ginger en tendant sa main au monstre.

Cette pratique ne devait pas signifier grand-chose au royaume du Temps, car les trois têtes regardèrent la main de Ginger avec étonnement. La tête d'homme sourit.

– Même vos gestes sont intéressants, remarqua-t-il. Parfois je me dis que je n'ai pas grandi au bon endroit. Je connais si peu de chose finalement.

Le Temps avait donc été un enfant. Comment était-ce pensable ? Je voulais savoir qui l'avait précédé à son poste.

– Je ne sais pas, tout est consigné là-dedans, répondit le monstre en tapotant son livre. C'est pour cela que j'écris mes Mémoires… De la mémoire, je n'en ai pas.

– Il vaut mieux, rétorqua Ginger. Sinon vous vous ennuieriez davantage. Vos journées ont l'air si barbantes.

Le monstre détacha le sablier de sa ceinture et me

tendit ses armes. La tête de lion me fixait, les deux autres n'avaient pas quitté Ginger des yeux.

– Allez, filez, faites-en ce que vous voulez et laissez-moi discuter avec votre amie... mais ne tardez pas quand même ! Ces armes deviennent dangereuses lorsqu'elles restent trop longtemps au contact d'autres mains que les miennes.

– Trop longtemps ? demandai-je, l'air inquiet.

– Le temps de cent trois chansons. Ne dépassez pas le temps de cent trois chansons.

– C'est une drôle d'unité de mesure, dit Ginger. Une chanson peut être très courte ou très longue.

– Cent trois chansons. Peu importe la longueur, c'est le nombre qui compte.

Elle se mit à raconter au Temps l'histoire de sa chanson latine.

– C'est un fantôme qui chante en moi. Je n'ouvre pas la bouche mais la chanson me suit partout. Partout, sauf en Alvénir. Ailleurs, je suis hantée... comme un vieux château...

Chronos paraissait conquis par les récits de Ginger qui, pendant qu'elle poursuivait son récit, me fit un signe m'engageant à m'en aller rapidement.

Je partis donc en courant rejoindre Dawson et Aglaé. Lorsque je fus dans le couloir, je rencontrai la tortue, qui me dit d'une voix très douce :

– N'oublie pas de chanter !

J'étais tellement prise par ma mission que je ne trouvai pas anormal d'être conseillée par une grosse tortue. On aurait dit qu'elle s'ennuyait, elle aussi, et qu'elle cherchait des amis.

16

J'entonnai une chanson d'église. C'était tout ce qui m'était venu à l'esprit. Il faut dire qu'à l'orphelinat nous ne chantions pas autre chose que des chansons pieuses ou des ritournelles ridicules qui nous faisaient oublier les kilomètres à pied que les sœurs nous obligeaient à faire pour nous « aérer ».

– *Seigneur, ma joie est grande, Seigneur, Tu m'as donné l'espoir*… chantai-je.

– Je commençais à m'inquiéter. Je m'apprêtais à aller vous chercher dans le bureau de Chronos, dit Dawson en m'apercevant.

Puis il vit la faux et le sablier, et leva les bras au ciel :

– Géniaaal ! Je n'en reviens pas !

Je continuais à chanter en comptabilisant les chansons à haute voix.

– Cent deux. *Seigneur, ma joie est grande*…

Pour ne pas interrompre ma ritournelle, je débitai très vite :

– Nous n'avons plus que cent une chansons pour agir, il faut faire vite.

– Sinon quoi ? demanda Aglaé.

– Sinon rien ne va plus, dis-je le plus rapidement possible, entre deux phrases de mon cantique.

Aglaé voulut en savoir plus. Je lui fis des signes pour lui expliquer que je devais continuer de chanter et que je n'étais pas en mesure de lui répondre, mais elle s'obstinait avec cet air un peu bête qu'elle avait désormais, parfois. Dawson, lui, avait compris l'urgence. Il me demanda si Ginger était en sécurité. Je hochai la tête, et nous repartîmes vers la porte du Temps tout au bout du long couloir. Elle s'ouvrit sans difficulté.

Le vent soufflait toujours aussi fort sur la montagne.

Alsima ne tarda pas à apparaître.

– Fabuleux ! s'exclama-t-elle. Comment avez-vous réussi ?

Dawson et Aglaé dirent qu'ils n'en avaient aucune idée. Quant à moi, je ne pouvais pas répondre puisque je chantais sans m'arrêter en intercalant mon décompte au début de chaque cantique.

– Quatre-vingt-seize. *Seigneur, ma joie est grande, Seigneur, Tu m'as donné l'espoir...*

Nous attendîmes, assis devant les trois portes, que la Grande Chouette arrive.

– Elle ne devrait pas tarder, nous assura Alsima.

– Quarante-deux. *Seigneur, ma joie est grande, Seigneur, Tu m'as donné l'espoir...* chantai-je.

Je tremblais à l'idée que nous ne parvenions pas à rendre à temps ses armes à Chronos.

Une chape de brouillard s'abattit sur nous. L'air devint glacé. Des centaines de papillons verts surgirent du centre du nuage, puis la Grande Chouette, vêtue d'un smoking d'homme, prit forme devant nous.

– Mes félicitations, dit-elle.

Elle sortit une petite bourse de velours vert, remplie de sable, et démonta le haut du sablier pour vider le contenu du sac. Puis elle rendit la faux moins coupante en émoussant la lame avec un gros caillou.

Les chansons passaient, mon cœur s'accélérait, Dawson trépignait.

– Il ne nous reste que douze chansons, dit-il à la Grande Chouette. Qui sait ce qu'il nous arrivera si nous dépassons le délai qui nous est imparti ?

Nous n'eûmes pas le temps de demander d'explication à la Grande Chouette.

Dawson venait de prier Alsima de rouvrir la porte du royaume de Chronos, et nous nous précipitions dans le couloir de sa demeure.

– Quatre, m'écriai-je. *Seigneur, ma joie est grande, Seigneur, Tu m'as donné l'espoir...*

Nous arrivâmes essoufflés dans le bureau de Chronos, mais il était vide. Ginger aussi avait déserté les lieux.

– Ginger ! se mit à crier Dawson. Ginger !

Nous fîmes le tour de la résidence, en vain. La grosse tortue essayait de nous suivre, mais la plupart du temps, elle se mettait en travers de notre route et nous empêchait de progresser.

– Deux ! criai-je très fort avant de reprendre une avant-dernière fois la chanson.

Dawson portait les armes.

Je sentais qu'il devenait nerveux. Sa voix avait changé.

– Ginger ! Ginger ! répétait-il.

Aglaé nous suivait, affolée. Ananké sortit d'une pièce, l'air hautain et exaspéré :

– Vous n'avez pas fini ce raffut ! dit-elle.

– Où est votre mari ? demanda Dawson.

– Que faites-vous avec ses armes ? hurla Ananké. Vous êtes des voleurs, vous aussi !

Elle se précipita sur un interrupteur qui enclencha une sonnerie stridente. Les murs étaient recouverts d'interrupteurs de couleurs différentes qui étaient supposés la protéger et l'assister dans sa vie quotidienne. Il existait même un bouton qui lui faisait couler son bain.

– Gardes ! Gardes ! hurla-t-elle.

Ma dernière chanson s'achevait. Au moment où je prononçai le mot de la fin, Dawson se transforma en bébé. Il gigotait sur le plancher, perdu dans ses vêtements d'adulte.

– Gardes ! Gardes ! continuait à brailler Ananké.

Mais personne ne vint vers nous, à part la tortue. Ananké avait l'air ridicule à s'époumoner de la sorte.

– Tout va bien ? me demanda la tortue.

Elle ne s'inquiétait pas pour Ananké qui courait partout en hurlant. Elle avait l'air habituée à ses cris.

– Dawson est devenu un nourrisson. Tout va mal, répondis-je.

– J'ai déjà vu bien pire ! dit la tortue. Tout le monde s'en sort. Vous vous en sortirez.

Soudain Chronos envahit le couloir avec son gros corps et ses trois têtes. Ginger semblait minuscule à ses côtés.

Elle lui tenait la main.

– Ce sont des vooooleurs ! s'exclama Ananké.

Chronos lui demanda de se calmer et lui raconta qu'il venait de passer un moment très intéressant avec « la domestique ».

– Elle sait tant de choses, c'est passionnant, dit-il.

– Le problème, c'est que vous ne vous en souviendrez pas, remarqua Ginger. Mais au moins, l'instant vous aura plu.

Aglaé voulut partager ses problèmes de mémoire avec Chronos, mais il savait visiblement faire la part des choses entre une histoire barbante et un récit instructif. Il l'ignora et se dirigea vers son bureau après avoir repris sa faux et replacé le sablier à sa ceinture. Il le renversa pour que le sable s'écoule et que tout rentre dans l'ordre. Cependant, Dawson restait petit.

Aglaé bégaya :

– Il ne va pas pas pas rester béébéé, quand même ?

La tête d'homme de Chronos se retourna et nous dit qu'il ne pouvait pas prévoir ce qui se passait lorsqu'on dépassait le temps imparti.

– Estimez-vous heureux aujourd'hui, le mal n'est pas catastrophique, remarqua-t-il.

– Pas catastrophique ? s'exclama Aglaé. Je vous demande pardon ! Qu'allons-nous faire de ce nourrisson ?

– Hou, là, là ! me glissa Ginger. Ça commence à se compliquer. Une amnésique et un bébé. Là, il va falloir être un peu plus fortes que d'habitude pour arriver au bout de notre mission.

– Vous êtes renvoyés ! déclara Ananké. Décidément, je ne trouverai jamais des gens de maison de confiance. Prenez vos cliques et vos claques et déguerpissez avant que je n'appelle les gardes !

– C'est assez drôle, une déesse ridicule, chuchota Ginger. Je ne sais pas de quels gardes elle parle. En tout cas ils ne sont pas très efficaces.

Bébé Dawson se mit à pleurer. Je l'avais emmailloté dans sa chemise et Ginger avait entassé le reste de ses habits dans le sac de Dawson. Je n'avais pas prévu qu'un bébé faisait ses besoins n'importe quand et, avant d'atteindre la porte d'Alvénir au bout du couloir, je dus trouver autre chose pour couvrir le corps de Dawson qui avait sali sa chemise.

Lorsque nous ressortîmes, Alsima nous tendit trois parchemins qui attestaient de notre réussite pour la deuxième épreuve. Elle savait que Ginger n'avait pas besoin de ce document. Elle nous assura que Dawson retrouverait son apparence normale à la fin de la troisième épreuve. Désormais, il lui manquait vraiment quelque chose.

– Heureusement qu'il a gardé le premier parchemin, fit remarquer Ginger.

– Il faut toujours accepter les récompenses, dit Alsima. Les choses gratifiantes ne sont jamais inutiles.

Nous étions au bon endroit pour en apprendre davantage sur la troisième épreuve. En effet, le collier sacré avait appartenu à Altenhata, et sa fille Alsima allait sans aucun doute pouvoir nous donner des informations pour faire avancer notre quête. Lorsque Altenhata avait été décapitée, son collier d'émeraudes s'était brisé, et les perles avaient roulé autour d'elle. Les personnes qui assistaient à l'exécution s'étaient précipitées sur les joyaux. Les pierres avaient été revendues ou cachées dans les coffres des voleurs. Or ce collier de trois cents perles avait un pouvoir particulier lorsqu'il était complet : il permettait à celui qui le portait de passer dans le monde de son choix.

– Mais comment suis-je passée, moi, alors que je n'ai pas de collier ? demanda Ginger.

– Tu as du sang royal, forcément. Les descendants de la famille de ma mère passent, sans collier, d'un monde à l'autre. Tu dois être l'une de mes cousines…

– Mais non ! s'indigna Ginger. Je m'appelle Ginger Almohara. Mes parents ne vivaient pas en Alvénir. Mes parents étaient des gens normaux !

– Normaux ? s'étonna Alsima. Ça ne veut pas dire

grand-chose ici. Et puis-je tout de même te faire remarquer que ton nom de famille a des consonances qui me sont familières ?

– Aliment, algèbre, alcool, albatros… Tout ce qui commence par Al ne vient pas forcément d'Alvénir. Il ne faut pas exagérer, quand même !

– Je n'insiste pas… Tu as bien le temps de découvrir qui tu es, répondit Alsima.

Elle nous conseilla de retrouver une perle chacun. Cela suffirait pour achever notre mission.

– Mais c'est comme chercher une aiguille dans une botte de foin ! m'écriai-je. Nous ne savons même pas où nous rendre.

– Boussole intentionnelle ! déclara Aglaé.

C'était devenu sa réponse à tout. Elle était assez fière d'avoir compris ce principe.

Alsima hocha la tête.

– Mais il faudrait pour cela que vous sachiez où vous voulez aller. Vous pourriez tenter le village d'Alegory. Il paraît que plusieurs Mogadors se cachent toujours là-bas. Ils espèrent récupérer toutes les perles du collier pour pouvoir monnayer les passages dans d'autres mondes… Ils n'y arriveront jamais. La Grande Chouette a déjà réussi à en rassembler quatre-vingt-cinq, et elles sont en sécurité, là où aucun de ces Mogadors ne pourra les trouver.

– Nous devrons voler des perles à des Mogadors, c'est ça ? demanda Ginger.

– C'est une idée comme une autre. Il existe sûrement plusieurs façons de retrouver des perles, dit Alsima.

– Vous ne pourriez pas faire un peu de magie pour nous ? suggéra Ginger d'un air coquin.

– Si j'avais le pouvoir de récupérer les pierres du collier de ma mère, je l'aurais fait depuis longtemps ! répondit Alsima. Allez, ma cousine, ne tarde pas !

– Je ne suis pas votre cousine ! s'offusqua Ginger. Mes parents étaient humains !

– N'empêche que tu es tout de même un peu différente des autres filles, dis-je gentiment. Tu es la seule à être poursuivie par un fantôme, la seule qui reçoive les conseils d'une voix intérieure... Tu n'es pas vraiment comme tout le monde.

– Le fantôme, il me suit depuis que mes parents sont morts, j'y peux rien !

– Peut-être que c'est ton père qui te surveille ? proposai-je.

– En chantant un cantique ? C'était pas le genre de mon père.

– Et ta voix intérieure, elle vient d'où alors ? demandai-je.

– Elle m'a toujours parlé. Maman aussi avait une

voix en elle. Elle disait toujours : « Ma petite voix m'a dit… »

– Mais ça n'a rien à voir, c'est une phrase de mère, ça ! La mienne aussi disait cela.

Dawson braillait parce qu'il avait faim. J'essayai de le calmer, mais je n'avais jamais tenu un bébé dans mes bras et je me révélai fort maladroite. En plus, il était lourd. Alsima disparut derrière l'une des portes et revint avec un biberon rempli d'un nectar moiré comme celui que nous avait servi Alvin.

Nous redescendîmes dans la vallée, guidés par notre boussole intentionnelle. Nous avions terriblement sommeil. Le médaillon d'Alonn affichait « matin ». Nous avions dû sauter une nuit sans nous en rendre compte.

– Nous devrions nous poser là sous cet arbre et dormir un peu, proposa Aglaé. Je n'en peux plus.

Nous ne nous fîmes pas prier et nous endormîmes tous sans tarder, même Dawson qui, pourtant, n'avait pas encore fini son biberon.

17

Tandis que je rêvais à mes vacances paradisiaques au château de Sulham, je sentis que quelqu'un secouait mon bras.

– Hé ! Ho ! Joy !

J'ouvris les yeux et m'assis, l'air paniqué. Je voyais un peu flou, j'avais oublié que nous étions en Alvénir. Tout me semblait très confus.

– C'est moi, Alonn, l'Almour… Tu te souviens ?

Il toucha le médaillon qui pendait à mon cou.

– Tu te souviens de moi, n'est-ce pas ? insista-t-il.

– Qu'est-ce que tu fais là ? m'étonnai-je.

– Nos routes devaient se croiser de nouveau, dit-il. Et toi, que fais-tu ici ?

Il nous trouva bien courageux de nous rendre au village d'Alegory.

– C'est là que se cachent les derniers Mogadors. C'est le village frontière. Il faut faire attention aux failles et aux bandits.

Ginger venait d'ouvrir un œil et sursauta.

– Ah non ! Alors on ne va pas là-bas ! Sûrement pas ! Des bandits ? Des failles ? C'est quoi, les failles ? Et qui êtes-vous, d'abord ?

Alonn se présenta et précisa qu'une faille était une sorte de tunnel invisible qui permettait aux Mogadors de s'infiltrer en Alvénir et d'en ressortir.

Il ajouta que peu de Mogadors se risquaient encore en Alvénir, car la Grande Chouette leur réservait d'affreux destins. Mais il fallait faire attention à ces failles qui n'étaient indiquées nulle part et pouvaient nous faire tomber dans un monde plus qu'inhospitalier.

– On ne va pas là-bas, répéta Ginger. On est trop petites toutes les deux.

Elle ajouta tout bas :

– Et c'est pas avec cette grande bringue un peu fofolle et ce bébé qui fait pipi partout qu'on va réussir à se défendre.

Alonn se mit à rire très fort. Il réveilla Aglaé. Dawson, lui, continuait à dormir profondément, la joue écrasée contre l'herbe haute.

– Est-ce que j'ai ri au bon moment ? demanda Alonn.

Ginger haussa les sourcils et me dit tout bas :

– Il n'est pas un peu bizarre, ton ami ?

Je rassurai Alonn sur ses qualités de rieur. Il dit qu'il s'améliorait de jour en jour et qu'il avait hâte que le rire devienne automatique chez lui. On lui avait assuré qu'une pratique quotidienne le mènerait à rire sans plus se forcer.

– C'est vraiment un pays de dingues ! remarqua Ginger.

– D'après ce que nous a raconté Alsima, il se pourrait bien que tu viennes de ce pays de dingues, toi aussi, dis-je.

Aussitôt, Ginger se révolta.

Non, elle n'avait rien à voir avec ces gens curieux et ce monde bizarre. Elle venait d'Appleton : « Un point c'est tout ! »

L'Almour confirma pourtant que, si Ginger pouvait nous faire entrer et sortir ainsi d'Alvénir sans l'aide du collier sacré, c'est qu'elle avait forcément un lien de sang avec la famille sacrée.

Mais Ginger était déjà en train de sautiller plus loin. Il était hors de question qu'elle écoute ce qu'Alonn avait à lui dire.

Alonn, lui non plus, n'envisageait pas d'autre solution que celle du village d'Alegory pour trouver rapidement des perles.

– Enfin… rapidement… modéra-t-il, c'est vite dit ! Disons qu'au pays des bandits la concentration de perles doit être plus grande qu'ailleurs. Mais ensuite, il faut arriver à les récupérer. Et là, c'est une autre histoire.

– Nous n'avons pas vraiment le choix, soupirai-je.

– Voulez-vous que je vous tienne compagnie jusqu'à là-bas ? demanda Alonn.

– C'est pas de refus ! répondit Aglaé. Vous connaissez le pays mieux que nous.

Je confiai Dawson à Aglaé :

– Après tout, c'est votre mari, affirmai-je.

Alonn rit de bon cœur, mais de façon un peu exagérée encore cette fois.

Grâce à nos boussoles intentionnelles, nous nous approchâmes rapidement d'Alegory.

Le paysage de ce côté-là du monde d'Alvénir était bien différent de celui que nous avions traversé jusqu'ici. Il n'était plus question de forêts ni de montagnes, car très vite nous rejoignîmes les bords d'un fleuve large et sinueux qui coulait au milieu d'un canyon de pierres rouges. Peu d'arbres poussaient sur ces parois sèches et abruptes, l'eau était presque turquoise et le courant semblait inexistant.

– C'est superbe ! remarqua Aglaé.

C'était la première fois qu'elle exprimait un avis positif depuis notre départ. Mais elle ajouta :

– Vous n'allez pas me dire qu'il faut suivre cette

piste jusqu'au bout du canyon… Nous allons mourir de fatigue ! Et puis ce bébé ! Ce bébé !

– Votre mari ! dis-je à nouveau.

– Ce bébé, poursuivit-elle en feignant de ne pas m'avoir entendue, est encombrant et dégoûtant. Il fait ses besoins, il régurgite, il est gros, il braille. Ah ! je crois que je ne pourrai jamais avoir de bébé.

– Je vous rappelle que vous avez eu une fille avec Dawson, remarquai-je. Son nom est…

– Regina, dit-elle. Oui, oui, je sais… mais là encore, je demande à voir…

– Margarita, précisai-je.

– Je savais qu'elle portait un nom de pizza, lança Aglaé très sérieusement.

Ginger, qui ne portait pas Margarita dans son cœur, se mit à rire et répéta d'un air moqueur :

– Margarita la pizza ! Margarita la pizza ! Excellent !

De mon côté, je m'étonnais qu'Aglaé se souvienne des noms de pizza et pas de ceux des membres de sa famille.

Alonn proposa de porter Dawson. Il lui fabriqua une sorte de hamac avec sa grande écharpe et le cala contre lui en bandoulière. Alonn me plaisait beaucoup. J'aurais voulu marcher ainsi toute ma vie à ses côtés. Je me sentais si bien, si détendue. Encore une fois, ce garçon dissipait mes peurs. J'apercevais le bout du canyon et, contrairement à Aglaé, je me disais qu'il était bien trop près de nous. J'espérais que notre route allait être encore longue et que je pourrais ainsi continuer à parler avec l'Almour.

Au cours de notre conversation, j'évoquai mes premiers voyages en Alvénir et ma rencontre avec le reflet de Margarita. Alonn tenta de m'expliquer la place des reflets dans leur monde.

– Parfois les gens naissent avec deux reflets. Il s'agit d'une sorte de gémellité, d'une anomalie. Le second reflet n'est jamais parfait. Il n'est pas en mesure de faire son travail. En fait, ces seconds reflets ne servent à rien. Ce doit être très difficile de naître avec ce sentiment. En Alvénir, nous accueillons les reflets inutiles parce qu'il leur manquera toujours quelqu'un. Soit leur double, soit la personne qu'ils étaient supposés refléter. Nous leur offrons une famille de substitution et un environnement agréable. Cependant, ils sont nombreux à tenter de fuir alors qu'ils ne savent pas se débrouiller seuls. Ils sont prêts à suivre n'importe qui et à faire n'importe quoi. Ils empruntent les failles, ils paient des Mogadors pour vivre autre chose. Il existe des indicateurs mogadors qui monnaient les informations concernant les visiteurs comme vous, pour faciliter les évasions. Ces pauvres reflets ne réalisent pas qu'ils sont bien mieux chez nous.

– Je ne comprends pas à quoi ça vous sert d'être gentil avec ces reflets qui sont inutiles.

– À quoi ça sert d'être gentil ? Je crois que tu sais toi-même répondre à cette question. En Alvénir, nous avons la mission de vous rendre la vie plus facile.

Ginger trottait devant nous. Elle faisait des ricochets sur l'eau du fleuve.

– Ça marche ! hurla-t-elle. C'est mon papa qui m'avait montré ça, mais quand j'étais petite je n'y arrivais pas.

Nous fîmes une courte halte près du fleuve. J'avais très faim. Alonn cueillit d'énormes myrtilles et nous en offrit.

Ginger avait eu la bonne idée de prendre une bouteille d'eau dans la cuisine d'Ananké. Nous buvions de petites gorgées pour garder des réserves tout au long de notre chemin.

Dawson gazouillait. Ginger jouait avec lui. Elle lui faisait des grimaces.

– Vous croyez qu'il se souviendra de ça quand il reprendra son apparence normale ? demanda-t-elle.

– Encore faudrait-il qu'il la reprenne, dit Aglaé.

Moi je trouve ces paris sur l'avenir bien suspects. Je suis supposée retrouver ma mémoire et ma sœur. Joy, tu vas retrouver tes parents. Dawson va retrouver sa taille adulte… C'est abracadabrant, vous ne pensez pas ? Je ne connais pas une histoire qui se soit passée ainsi.

– Vous connaissez beaucoup d'histoires ? demanda Alonn. Je croyais que vous aviez perdu la mémoire.

Aglaé fronça les sourcils. Elle semblait tracassée par ce qu'elle venait de dire. Je vis des larmes perler aux coins de ses yeux.

– Je veux rentrer chez moi, sanglota-t-elle.

L'Almour la rassura de quelques mots gentils. Il voulut savoir si ce que nous venions chercher ici valait autant de tracas et d'aventures.

– Je suppose que la vie de quelqu'un ou sa mémoire valent le prix de n'importe quelle aventure, même la plus dangereuse… dis-je.

Nous reprîmes le chemin le long des berges du fleuve. Après le canyon, s'ouvrit une immense plaine désertique sur laquelle le vent chaud faisait rouler des buissons secs et épineux. La végétation n'existait que sur la rive, qu'elle bordait de deux longues écharpes verdoyantes.

– Ce n'est pas possible ! Nous n'arriverons jamais nulle part ! maugréa Aglaé lorsqu'elle découvrit la plaine qui s'étendait à l'infini devant nous. Je ne vois pas un village à l'horizon.

Alonn marchait en silence. J'essayai de trouver des sujets de conversation. Je voulais qu'il me parle, qu'il s'intéresse à moi.

– Tim et Sharon MacInley, dit-il soudain.

Mon cœur s'arrêta quelques secondes avant d'entamer un terrible galop.

– Ce sont… ce sont mes parents. Comment connais-tu leurs noms ? Ils sont ici ? Dis-moi, ils sont ici ?

– Je lis dans les pensées. Tu penses souvent à ces deux noms-là, n'est-ce pas ?

– Tu lis dans les pensées ? Mais c'est affreux !

Il savait donc certainement que je l'aimais. Je devins toute rouge. Je n'osais plus lui parler. J'essayais de m'empêcher de penser à ce qui provoquait des remous dans ma tête. Il est très difficile de ne pas penser et plus particulièrement de s'empêcher de penser à quelque chose, car cela implique que l'on y songe alors deux fois plus. Je me répétais des phrases futiles et insignifiantes pour m'occuper la tête autrement.

– L'eau est bleu turquoise, la vallée est grande…

Alonn me prit par l'épaule. Je crus que j'allais m'évanouir. Je devais avoir faim et sommeil, je devenais plus vulnérable que jamais.

– Ne te fatigue pas… Tu essaies de me brouiller les pistes, n'est-ce pas ? C'est fréquent. Les gens ne supportent pas l'idée que l'on lise dans leurs pensées… et tout le monde se défend de la même façon.

Tout à coup, j'avais l'impression d'être prisonnière d'Alonn. Je me rendis compte alors que la possibilité de penser en secret était sans doute la plus grande des libertés.

– En fait, précisa Alonn, je ne peux lire les pensées que de ceux qui m'aiment…

Mais pitié ! Tais-toi ! pensai-je. Tout ce qu'il ajoutait ne faisait qu'amplifier ma honte et ma gêne.

– Donc j'en conclus que tu dois m'aimer, dit-il.

Sa fossette se creusa sur sa joue. C'était évident, il me taquinait. Je ne répondis rien. Je regardais au loin, je priais pour que le village se dessine plus vite devant nous. Dawson s'était endormi dans le petit hamac d'Alonn. Décidément, ce garçon avait le don de nous rassurer tous.

Aglaé voulut connaître nos plans d'attaque lorsque nous arriverions à Alegory.

– Nous ferons savoir aux gens du village que nous cherchons à acheter des perles, proposai-je.

– Acheter ? Avec quel argent ? Vous avez de l'argent, Aglaé ? demanda Ginger.

Aglaé secoua la tête.

– Je n'ai qu'un mouchoir dans ma poche et cette clef, dit-elle en sortant l'objet de sa poche.

Je reconnus la clef du château de Sulham.

– Voulez-vous me la confier ? demandai-je.

Aglaé se mit en colère. Elle prétendit qu'« elle était encore capable de porter une clef ! ».

– Surtout, ne la perdez pas ! ajoutai-je.

Je m'adressais à chaque fois à une petite fille ; les rôles avaient été inversés, j'étais devenue adulte. La transformation de Dawson n'avait pas apaisé mes tracas. Seul Alonn, jusqu'ici, m'avait offert quelques moments de répit. Je lui avais fait confiance. Cependant, depuis que je savais qu'il pouvait lire mes pensées, je me sentais très mal à l'aise.

– J'ai quelques alpens dans la poche, proposa Alonn. Mais sûrement pas assez pour acheter une perle à un voleur. Et puis, à mon avis, ces perles ne sont pas à vendre.

– Je me demande comment ont fait les autres personnes qui ont voulu aller au bout des trois quêtes.

– En fait…

Alonn s'interrompit.

– En fait, quoi ? demandai-je.

Je sentais bien qu'il se retenait de nous avouer quelque chose d'important.

– Non, rien, dit-il en regardant droit devant lui.

– C'est dommage que moi je ne puisse pas lire dans tes pensées, regrettai-je. Allez, s'il te plaît ! Raconte-nous ce que tu meurs d'envie de nous dire.

– En fait… en Alvénir… tout arrive si on y croit. Cela peut être long, compliqué, douloureux, mais tout arrive. Les personnes qui échouent sont celles qui n'ont pas la foi.

Aglaé s'arrêta net et s'assit sur le chemin.

– Mais il fallait le dire plus tôt. Moi je ne bouge plus alors. Les perles viendront forcément à moi puisque j'y crois.

– Ah ! non ! Ça ne peut pas marcher ainsi ! s'exclama Alonn. Je vais vous expliquer ça autrement. En Alvénir, l'effort est toujours récompensé.

– Pfff ! fit Aglaé. C'était trop beau pour être vrai !

– Moi je trouve ça beau quand même. C'est bien d'être sûr de soi. En fait, vous êtes tous sûrs de vous dans ce pays ? Vous ne doutez jamais de la réussite de vos entreprises ? demanda Ginger.

– Si tu viens d'ici, tu dois être comme ça, toi aussi, dit Alonn.

Ginger lui tira la langue.

Ginger avait beaucoup mûri en quelques jours. Son à-propos et ses réactions pertinentes m'étonnaient de plus en plus. Mais la petite fille refaisait régulièrement surface. Le diablotin sur ressorts ne pouvait heureusement pas disparaître. D'ailleurs, je crois qu'à part quelques sœurs aigries de l'orphelinat tout le monde aimait son caractère original. Ginger était un concentré de vie, d'envie, de curiosité. Elle était l'énergie qui nous manquait si souvent.

Nous aperçûmes de la fumée, puis un toit de chaume caché derrière une rangée d'arbres.

Un peu plus loin encore, plusieurs chaumières étaient regroupées sur la gauche du fleuve qui poursuivait sa course sur des centaines de kilomètres, bordé par ses deux écharpes de verdure. Derrière le village, la plaine s'étendait à l'infini.

– C'est là ? demandai-je à Alonn.

– Sans doute. C'est la première fois que je m'aventure de ce côté d'Alvénir.

– Moi qui pensais que nous étions en bonnes mains… soupira Aglaé.

18

A priori le village me sembla bien plus accueillant que ce que m'avait décrit Alonn. Je m'attendais à un endroit sombre et inquiétant, je découvrais des rues calmes et plutôt souriantes. Les deux soleils étaient à leur zénith et cela contribuait peut-être à enjoliver les lieux. Dawson s'était remis à pleurer, à brailler même. Je lui donnai le dernier quart de son biberon.

Nous n'avions rencontré jusqu'ici que quelques vieilles femmes et un homme qui transportait une échelle. Personne ne semblait surpris de nous voir. Nous arrivâmes sur la place principale, une place carrée sur laquelle était disposée une trentaine de chaises et de bancs. Les gens y venaient discuter et troquer leurs trouvailles.

– Ou leurs larcins… me dit Alonn au creux de l'oreille. Il ne faut pas oublier que nous sommes à Alegory.

Ici, les êtres étaient aussi hétéroclites que dans le manège-tramway. Certains avaient une apparence humaine, d'autres ressemblaient davantage à des animaux.

– Je vais vous attendre là, je garderai Dawson, dit Alonn en s'asseyant sur l'une des chaises.

– Tu ne vas pas nous aider à trouver les perles ? m'étonnai-je.

– Je suis un Almour. Je n'ai pas le droit.

Cette fois encore, malgré mes instances, je ne pus comprendre précisément en quoi consistait la fonction d'Almour.

– Faites attention aux failles, ajouta Alonn.

– Comment reconnaît-on une faille ? demanda Ginger.

– On ne la reconnaît que lorsqu'on est tombé dedans, dit Alonn.

Et il rit de ce rire ridicule qu'on lui avait appris à l'école.

Comme Dawson n'était pas content du tout qu'Alonn se soit arrêté de marcher et de le bercer par la même occasion, il hurla très fort en tirant une minuscule langue toute rose. Ginger eut alors une idée. Elle prit Dawson dans ses bras et s'assit près d'une femme d'une cinquantaine d'années ronde et joviale, qui tressait des paniers sur l'un des bancs.

– Il faut bien trouver une façon d'entrer en contact avec ces gens, me dit Ginger tout bas. Les bébés sont un bon sujet de conversation.

Aglaé et moi arpentions la place pendant que mon amie mettait sa ruse en pratique. Effectivement, quelques minutes plus tard, nous pûmes l'observer en pleine discussion avec sa voisine qui caressait la joue de Dawson. Une demi-heure après, la femme nous convia dans sa chaumière et remplit le biberon de Dawson de nectar sucré. Elle l'emmaillota dans des couches plus appropriées que les langes de fortune improvisés depuis notre départ des Portes du temps.

– Il est adorable, nous dit-elle, tandis qu'elle changeait Dawson. Le problème, c'est qu'ils sont tous mignons à cet âge-là, mais on ne peut pas savoir ce qu'ils vont devenir.

– Nous, on sait ce qu'il va devenir, on sait même très bien, dit Ginger en souriant.

La femme ne fit pas attention à cette réponse et poursuivit :

– Mon fils était un adorable poupon... C'est devenu un terrible voyou... Vous savez, l'environnement, ça compte beaucoup. Les écoles d'Alegory ne sont pas bien fréquentées.

– Vous auriez pu habiter ailleurs, dit Aglaé, toujours aussi peu aimable.

– Je ne connais pas d'autre endroit, dit la femme tristement.

Elle embrassa Dawson sur le front et le tendit à Aglaé, qui l'accueillit maladroitement dans ses bras.

La femme nous servit une sorte de thé rouge dans de grandes tasses transparentes et des boules de pâte sucrée recouvertes d'éclats de noix.

– C'est délicieux, merci beaucoup, madame, pour cet accueil, dis-je.

Chez les sœurs, j'avais au moins appris la politesse.

L'occupante des lieux semblait heureuse de nous recevoir. Son salon était minuscule mais très haut de plafond. Une mezzanine occupait le tiers de la pièce. Les murs étaient recouverts de papier peint fleuri, le sol était en pierre. Il n'y avait de fenêtres que d'un côté de la maison, l'autre était accolé à un bâtiment public, appelé « la Halle aux bleuets », dont la femme était la gardienne.

– Nous sommes à la recherche de perles sacrées, dit Aglaé, qui manquait certainement de diplomatie.

La femme sursauta. Son visage se contracta :

– Sortez de chez moi ! ordonna-t-elle en pointant la porte du doigt.

– Nous ne sommes pas des voleurs ni des

Mogadors, bien au contraire, nous cherchons à retrouver les perles du collier sacré… Je vous assure. Je vous le jure sur la tête de ce bébé.

– Vous n'êtes pas d'Alvénir, vous. Ceux qui jurent viennent d'ailleurs.

– Nous venons de l'orphelinat d'Abbey Road, expliqua Ginger. J'imagine que ça ne vous dit rien.

Il y eut un grand silence. La femme tremblait un peu. Elle respirait vite.

– Si, bien sûr, ça me dit… avoua-t-elle enfin.

Elle fouilla fébrilement dans un tas de magazines *Les nouvelles du Palais*, posés devant sa cheminée, et en sortit un exemplaire qu'elle feuilleta rapidement comme si elle savait ce qu'elle cherchait. Enfin elle nous mit une photo d'Alsima devant les yeux. L'article titrait : « La fée Alsima de retour aux Portes du temps. »

– Tout le monde a su que des orphelines avaient aidé Alsima à revenir en Alvénir, raconta-t-elle. Et ici, nous avons tous entendu parler de votre abbaye. Le Diable Vert était originaire d'Alegory, vous savez. C'est dans notre village qu'il a préparé la révolte des Mogadors… Habite-t-il toujours sous l'abbaye ? demanda-t-elle d'un air inquiet.

– Il a disparu du jour au lendemain, dit Ginger.

– Il n'a pas disparu, répondit la femme. Il mijote

certainement quelque chose. Je vous plains. Heureusement que cette saleté a été bannie d'Alvénir.

– Chez nous, on ne peut pas chasser les gens dans un autre monde. Soit on les tue, soit on les emprisonne, expliqua Ginger.

– Ce serait bien de tuer le Diable Vert, rétorqua la femme.

– Je n'aime pas l'idée de tuer les gens, lança Ginger, même les méchants.

– Moi pareil, chuchotai-je.

– Vous verrez si vous dites toujours la même chose quand il aura fait chez vous les ravages qu'il a faits chez nous.

– Je crois qu'on ne craint pas grand-chose, dis-je. En plus, il meurt s'il voit la lumière. Chez nous, il ne peut vivre qu'enterré.

– Et pour les perles alors ? insista Aglaé.

Elle manquait de plus en plus de subtilité.

– Je suis sûre que mon fils Altman pourrait vous renseigner. C'est une crapule, je vous assure… Il fricote avec les Mogadors. Je ne suis pas très fière de vous le présenter, mais il vous sera utile. Il devrait rentrer bientôt.

Altman ne tarda pas, effectivement. Il ressemblait à un garçon de bonne famille comme ceux avec lesquels nous chantions à la chorale.

Il n'avait en apparence rien d'un voyou.

– Bonsoir, ma petite Maman ! dit-il.

– « Bonsoir, ma petite Maman », répéta la femme en imitant la voix douce de son fils. Vous voyez, ajouta-t-elle en s'adressant à nous, ça commence mal ! Il se fout déjà de moi.

– Il ne se fout pas de vous ! s'exclama Ginger. Il vous dit bonsoir.

Il nous salua très poliment et s'assit dans un fauteuil.

– Oh ! ça va, pas la peine de jouer au premier de la classe ! dit la mère. Je les ai prévenues que tu étais un voyou.

– Je ne joue pas au premier de la classe… Je suis le premier de ma classe, rétorqua Altman.

– Et moi, je suis la Grande Chouette, renchérit sa mère. Tu vas aider ces gens et tu ne vas pas discuter !

– En quoi puis-je vous être utile ? demanda Altman.

– Nous voulons trois perles pour le collier sacré, répondit Aglaé, qui, comme d'habitude, s'impatientait.

– Rien que ça ? s'étonna le garçon.

Sa mère lui tapa le haut de la tête avec un journal plié.

– On ne répond pas aux dames, vaurien !

Il me fit un signe qui signifiait que sa mère était

un peu folle, mais je ne savais pas qui il fallait croire. Sa mère avait paru si posée et sympathique avant son arrivée qu'il me semblait difficile d'accepter le fait qu'elle soit dérangée.

– Parlons peu, parlons bien, dit Aglaé. Pouvez-vous nous renseigner, jeune homme ?

– Je ne fricote pas avec des bandits ! répliqua le garçon. Encore une ruse de Mogadors d'envoyer des jeunes filles et des bébés chercher des perles ! Ils ne savent plus quoi inventer.

– Tu ne fricotes pas avec des bandits, tu ne fricotes pas avec des bandits, mon œil ! s'exclama la mère. Tu crois que je n'ai pas vu ton petit manège. Tu vas aider ces filles sans discuter !

– Alors tu reconnais qu'elles sont des bandits ! dit le fils.

Il s'ensuivit une conversation chargée de quiproquos. La mère et le fils se hurlaient dessus, s'accusant mutuellement d'aider les Mogadors.

Dawson n'apprécia pas du tout ces cris, il se mit à hurler lui aussi, en gigotant dans tous les sens. Aglaé le tenait loin d'elle, à bout de bras. Elle ne supportait pas ses braillements. Elle finit par le poser dans un fauteuil et s'en éloigna en se bouchant les oreilles. Dawson, qui continuait à gigoter, manqua de tomber du fauteuil. La mère en colère le rattrapa à temps.

Cela mit fin à l'altercation. Le calme revint dans le petit salon fleuri. Altman nous demanda pour quelle raison réelle nous avions besoin de trois perles, et je crois que notre franchise le convainquit.

– Je sais où l'on peut acheter des perles et je sais où en voler. Que préférez-vous ?

– J'imagine que ça ne serait pas vraiment un vol, dit Aglaé, puisque les perles retourneraient sur leur collier d'origine.

– C'est un point de vue intéressant, remarqua Altman. Où commence le vol ? C'est une bonne question.

– Ne tardons pas, Altman, dites-nous juste où voler ces perles, s'impatienta Aglaé.

– Qu'est-ce que je vous disais ! commenta la mère. Vous trouvez ça normal qu'à son âge il sache où trouver des perles ? Il a l'air d'un ange comme ça, mais c'est un filou. On se demande ce qu'il fait de ses journées.

– Je suis à l'école, Maman chérie.

La mère l'imita encore une fois, l'air exaspéré :

– « Je suis à l'école, Maman chérie. »

Il ignora sa mère quelques instants et dit très posément :

– Nous habitons la ville la plus corrompue d'Alvénir. Pour survivre ici, il faut être ami avec tout le monde. Vous me suivez ? Ce ne sont pas de vrais amis, bien sûr, mais ils m'assurent une certaine tranquillité. Je sauve ma peau, vous comprenez ?

Je hochai la tête. J'hésitais toujours à le croire. Pourtant il semblait droit et honnête.

Je me souvenais de la phrase d'Alonn et me dis que notre projet ne pouvait échouer puisque nous gardions la foi. J'acceptai donc de suivre Altman, qui nous proposa de nous conduire à Extrême Frontière, le quartier délabré ainsi baptisé par les quelques dissidents mogadors qu'il abritait encore.

La mère d'Altman nous proposa de garder Dawson.

– Ça me rappellera de bons souvenirs, dit-elle. Faites attention aux failles ! hurla-t-elle au moment où nous franchissions le pas de la porte.

Dès que nous fûmes dehors, Altman leva les yeux au ciel en se plaignant :

– Je n'ai jamais pu passer cette porte sans qu'elle s'écrie : « Fais attention aux failles ! » Je vous assure qu'elle finit par être barbante.

– Tu n'as pas peur des failles ? demandai-je.

– J'ai peur comme tout le monde, mais je me passerais bien des recommandations systématiques et inutiles de ma mère. Elle pense sans doute conjurer le mauvais sort en me disant cela à chaque fois.

Nous repassâmes par la place principale. Je voulais avertir Alonn de nos plans. Mais il n'était plus à sa place. Je le cherchai à droite, à gauche… puis je réalisai que, le soir s'installant, il avait dû rejoindre le Palais pour « déterminer » avec les autres Almours.

Altman put m'expliquer mieux qu'Alonn lui-même ce que signifiait « déterminer »

– C'est un don inné des Almours. Ils s'en servent chaque soir. Il s'agit de déterminer qui a besoin d'aide en Alvénir et de partir à sa rescousse. Les Almours sont là pour les autres. Ils reçoivent les messages télépathiques des gens en détresse et se répartissent les tâches pour les sauver.

– C'est merveilleux ! m'exclamai-je.

– Arrête, tu as l'air raide amoureuse, chuchota Ginger.

– Je suis d'accord avec toi, Ginger, dit Aglaé plus fort. Joy n'a plus les idées claires… Tout ce que fait Alonn est merveilleux… Méfie-toi, Joy, tu vas déchanter. Les hommes ne sont pas merveilleux.

Qu'en savait-elle puisqu'elle n'avait plus de souvenirs ? De toute façon, rien ne pouvait me faire changer d'avis à propos de mon ami aux yeux violets… Les yeux violets… C'était… merveilleux !

Nous arrivâmes devant Extrême Frontière, dont le nom était inscrit à la peinture blanche sur une planche de bois très sale. Les maisons étaient des sortes de bicoques chancelantes aux fenêtres et aux toits abîmés.

– Tu es sûr que nous pourrons trouver des perles ici ?

– Certain, m'assura Altman qui marchait à mes côtés.

J'avais un peu peur. Ginger, pour une fois, ne courait pas devant nous. Altman lui avait dit qu'elle prenait trop de risques à gambader ainsi. Soudain, nous fûmes tous happés dans une faille. En tombant, j'entendis Altman s'écrier :

– Mince alors, ma mère avait raison !

19

La chute ne fut ni douloureuse ni violente, il s'agissait plutôt d'une sensation de flottaison. La faille était un espace sans couleur, non délimité, cela me rappela le néant caché derrière la porte rose des sous-sols de l'abbaye*. Le rien était aussi indescriptible ici que là-bas. Le rien, qui n'existait pas dans notre monde, existait donc entre les mondes, et je comprenais soudain que le reflet de Margarita, qui prétendait être originaire d'Alvénir, était sans doute arrivé sous l'abbaye grâce à cet espace, ce rien caché derrière la porte rose.

L'atterrissage se fit en douceur. Aglaé se plaignit de la chute, mais nous finissions par ne plus réagir à ses perpétuels commentaires négatifs. Par contre, l'endroit où aboutissait le tunnel était sordide : une ruelle très étroite, bordée de vieilles poubelles et de

* Voir le tome 1, *Le Diable Vert*.

murs en briques sales. Un vieux réverbère cassé nous éclairait à peine.

Ici, la nuit existait à cette saison.

– Il faut repartir dans l'autre sens et trouver la faille inverse, dit Altman. Nous sommes en danger. J'espère que nous n'allons pas croiser un Mogador.

– J'ai peur, avouai-je.

Je pris la main de Ginger qui restait plutôt calme. Aglaé émettait des remarques justifiées sur la crasse de la rue. Les briques par endroits étaient devenues noires, les murs suintaient, les poubelles débordaient.

– Où pouvons-nous trouver la faille inverse ? demandai-je.

– À l'école d'Alegory, on nous apprend en théorie tout ce qu'il peut nous arriver lorsqu'on tombe dans une faille. Je sais, par exemple, que la faille de retour en Alvénir se situe dans un périmètre de trente pas autour de la faille d'arrivée. Mais cela me semble difficile à mettre en pratique. Ici, le périmètre est limité par les murs des immeubles.

Nous décidâmes de ratisser les alentours et de marcher partout où il était possible de le faire dans un périmètre de trente pas.

Soudain une jeune fille se précipita dans la ruelle en courant.

– Sauvez-moi ! nous supplia-t-elle. Elles vont me massacrer.

– Qui ça ?

Quatre filles décoiffées et sales, vêtues de guenilles, se plantèrent aussitôt devant la demoiselle qui s'était blottie dans les bras d'Altman.

– C'est bien notre veine ! s'exclama Aglaé.

– Moi je ne m'inquiète pas, nous confia Ginger. Alonn nous a dit que tout se terminerait bien. Il suffit de penser qu'on est dans un roman, pas dans la vraie vie, et que l'écrivain a déjà décidé qu'on allait s'en sortir. Nous devons passer par là pour réussir notre quête, mais nous la réussirons.

– C'est ce qui s'appelle de l'utopie, ma grande, dit l'une des filles de la bande avec un curieux accent.

En fait, elles avaient toutes ce curieux accent. Elles roulaient les *r* et prononçaient certaines diphtongues d'une façon bien particulière. Il devait s'agir de l'accent mogador.

– Il paraît que ça s'appelle la foi, répondit Ginger, sans se démonter.

– La fouey, c'est quand on crouey en Dieu, pas en un écrivain imaginaire, se moqua la fille.

– La foi, c'est quand on croit en soi, rétorqua posément Ginger, qui ne put s'empêcher de sourire, tant l'accent des filles les rendait amusantes.

Moi je n'arrivais pas à les trouver drôles. Elles m'effrayaient malgré tout. D'ailleurs, elles se firent un signe qui ne me dit rien qui vaille.

– Rends-nous les perles ! cria la plus grande des filles à sa cible, qui ne quittait plus les bras d'Altman.

– Vous avez des perles ! hurla Aglaé. Des perles sacrées ! Eh bien, ça ! C'est la meilleure de l'année !

– Mais non ! C'était écrit à l'avance, je vous avais prévenues, précisa Ginger. Nous n'étions pas là par hasard. Avoir confiance, c'est important, finalement.

Les Mogadores n'en revenaient pas de nous voir discuter ainsi. Elles avaient sorti des couteaux qu'elles pointaient dans notre direction, mais notre attitude les sidérait tellement que leurs armes me parurent alors presque molles. Elles se sentaient assez impuissantes devant ce que nous racontions et face à l'assurance de Ginger. Pourtant l'une d'entre elles, grande et costaude, se fâcha et m'attrapa par le col pour me plaquer contre elle en pointant son canif sur ma jugulaire.

– Hey ! Monsieur-propre-sur-loui, tu nous rends la fille aux perles et on te rend ta copine.

– N'aies pas peur, me dit Ginger. Normalement, ça va bien finir.

Elle regardait autour d'elle. Elle attendait quelque

chose ou quelqu'un, un sauveur, un événement qui mette fin à cette situation compliquée. La fille me piquait du bout de son couteau, et je n'en menais pas large. Je crus même que j'allais m'évanouir.

Rien ne vint pourtant, les minutes passèrent, l'angoisse s'amplifia. La fille qui me tenait contre elle nous lança un ultimatum :

– Je rigole plus. Je compte jusqu'à trouey. Un, deux, trouey.

Elle me serra plus fort encore, et je crus que le couteau était planté dans ma gorge. Je poussai un cri de terreur.

Altman demanda à sa protégée de rendre les perles, mais elle refusa et répondit tout autre chose :

– La faille de sortie vers Alvénir est un peu plus loin à gauche…

– Tu ne vas pas filer en Alvénir avec nos perles, dit la petite maigrichonne.

– Ce ne sont pas VOS perles, tempêta Aglaé.

– De quouey je me mêle ? (Elle s'approcha d'Aglaé et la dévisagea longuement.) Ta tête me dit quelque chose. On se connaît déjà, non ?

– Sûrement pas, dit Aglaé en levant le menton, l'air dédaigneux.

Elle insista :

– Ce ne sont pas VOS perles.

– Nous avons reçu chacune une perle le jour de notre naissance. C'était un cadeau de notre père, dit la maigrichonne.

– Dans ce cas, votre père est un escroc, rétorqua Aglaé.

Depuis que son cerveau avait pris froid, elle ne réfléchissait plus à ce qu'elle disait. La lame du couteau fit couler une petite goutte de sang dans mon cou. J'avais très peur. Jamais je n'avais rencontré de filles de cette trempe. Arrogantes, insolentes, sales, mal élevées, débraillées, vulgaires : elles représentaient tout ce que l'on m'interdisait d'être à l'orphelinat. Et pour une fois, j'étais d'accord avec les sœurs : je n'aurais jamais voulu ressembler à ces terreurs. Qui pouvait aimer des monstres pareils ?

– Tu ne critiques pas notre père ou tu vas regretter ta fille, assura la costaude qui faisait aller et venir le couteau le long de ma jugulaire.

– Ce n'est pas ma fille, précisa Aglaé, comme si elle signifiait ainsi qu'elle se fichait complètement de ce qui pouvait m'arriver… ou peut-être répondait-elle encore de façon automatique.

Il y eut un bruit au bout de la ruelle. Un bruit de moteur, suivi d'un claquement de portière. Deux hommes débarquèrent à l'angle et pointèrent leurs lampes torches sur nous.

– Milice ! Que se passe-t-il ici ?

Les quatre filles s'évaporèrent.

La fille pourchassée s'écria :

– Nous étions rançonnées par cette bande de filles armées, mais vous les avez fait fuir ! Tout va bien.

Les deux hommes s'approchèrent et tendirent la main. Je crus qu'il fallait leur serrer, mais cela les mit en colère. Ils attendaient un pourboire. La fille aux perles le savait. Elle sortit un billet de sa poche et le leur remit.

– Merci encore, fit-elle.

Lorsqu'ils furent partis, elle nous dit :

– Tout se paie chez les Mogadors.

La fille s'appelait Myst. Elle était grande, mince et très jolie. Ses longs cheveux bruns se collaient à ses lèvres rebondies tant elle était en sueur d'avoir couru pour fuir la bande des quatre.

Je voyais bien qu'Altman avait été ravi de la tenir quelques instants dans ses bras. Il continuait à la regarder avec des yeux trop protecteurs alors qu'il ne la connaissait pas.

– Toi aussi, tu dois rapporter une perle pour achever tes trois épreuves ? demandai-je.

Elle se contenta d'un signe de la tête en guise de réponse.

– Qu'est-ce qu'il te manque à toi ? s'enquit Ginger.

Myst hésita et dit que la question lui paraissait trop personnelle.

– Tu as calambré sans mal ? insista encore Ginger.

– Sans mal, confirma Myst.

– Et quelle a été ta ruse à toi pour désarmer le temps ?

– J'ai plus d'un tour dans mon sac, rétorqua Myst.

– Combien de perles as-tu pris à ces filles ? demanda encore Ginger.

– Quatre.

– Tu en avais besoin d'une seule. J'imagine que les trois autres sont pour nous. Ça aussi, ça devait être prévu… dit Ginger.

Myst sortit les perles de sa poche et nous les montra, mais lorsque Ginger voulut en prendre une, Myst recula d'un pas.

– Hé ! Pas touche ! On verra ça plus tard.

Elle nous conduisit à la faille de retour.

– On dirait que tu connais bien ce pays, fis-je remarquer.

Elle sourit et partit la première vers Alvénir.

Je la suivis, persuadée qu'elle était la réponse à notre problème de perles. Malheureusement, dès que j'atterris dans le quartier d'Extrême Frontière, je la vis prendre la poudre d'escampette sans se retourner pour nous attendre.

Qui était-elle en fait ?

Altman parut déçu, mais peu étonné.

– C'est que je vous disais tout à l'heure. Alegory est une ville d'escrocs ! Même les jolies filles font des coups pendables ! Je crois qu'il faudra que je parte d'ici un jour si je veux trouver une femme de confiance, mais on ne m'a jamais donné d'occasion de le faire…

– Tout arrive quand on y croit, dit Ginger.

Altman décida de suivre le même chemin que Myst. Il nous fit signe de l'accompagner. Il voulait la rattraper.

– J'aurai moins de mal à lui prendre ses perles, maintenant que je sais que c'est un bandit, dit-il en courant.

Nous arrivâmes de nouveau dans la rue principale d'Alegory. Myst détalait plus vite qu'une gazelle, bien loin devant nous. La place carrée s'était vidée, les gens étaient sans doute rentrés se coucher. J'avais du mal à me faire à ces nuits blanches et ensoleillées. Il régnait un silence mat dans les rues du village. On entendait nos souffles rapides et nos chaussures qui rebondissaient sur la terre battue des rues.

– Myst, hurla Altman, arrête-toi !

– Tu rêves ! s'exclama Ginger en riant. Tu te prends pour qui ?

Aglaé s'était arrêtée de courir.

– Je n'ai pas votre jeunesse ni votre résistance, dit-elle.

– Et moi je n'ai pas votre flemme, répondit Ginger en la doublant.

Altman voulut nous prouver qu'il était un véritable athlète.

Il rattrapa Myst en quelques longues foulées énergiques et la plaqua au sol. Elle se débattait. Il saisit ses poignets de sorte qu'elle ne put plus bouger. Il s'était presque assis sur elle et la regardait droit dans les yeux. Elle lui cracha au visage. Il ne réagit pas.

– À qui destinais-tu ces perles ? demanda-t-il.

– Lâche-moi !

– Tout à l'heure, tu te blottissais dans mes bras en me demandant de te sauver, et subitement il faudrait que je te lâche… Tu ne sais pas ce que tu veux !

Altman fixa du regard l'intérieur du poignet droit de Myst. Il était tatoué d'un petit signe noir, semblable à un hiéroglyphe.

– Tu fais partie de la bande d'Alilam ? s'écria Altman.

– Je n'ai pas vraiment eu le choix. Mon père est un Mogador. On m'a forcée à intégrer la bande.

– Tu essaies de m'attendrir. Tu es très jolie mais ça ne marchera pas.

– Alilam me punira si je ne rapporte pas de perles. Je vais être enfermée dans ses caves. S'il te plaît, laisse-moi partir !

– Tu gardes une perle, tu nous donnes les autres. Ainsi, tu ne rentres pas bredouille.

– Et si je dis non ?

– Je te prends tout de force. Et je suis fort, n'est-ce pas ? dit-il en appuyant les deux bras de la fille sur le sol.

– Alilam viendra te casser la figure.

– C'est impossible. Je suis protégé, ici, tu sais. Je suis respecté.

Il s'approcha de son oreille et murmura :

– Je suis Altman, ça ne te dit rien ?

– Rien du tout.

– Tu demanderas à tes amis, tu comprendras, affirma-t-il.

– C'est peut-être vraiment un voyou, me dit Ginger. Il n'a plus l'air si sage tout à coup.

– L'essentiel, c'est qu'on récupère ces foutues perles ! s'exclama Aglaé. On se fiche de savoir qui sont ces gens. Moi je ne sais même pas qui je suis.

Myst essaya quelques ruses pour échapper aux bras costauds d'Altman, mais rien n'y fit. Elle finit donc par nous remettre trois perles, la mort dans l'âme.

– Vous ne réalisez pas ce que je vais devoir endurer à cause de vous.

– Je ferai en sorte que tout se passe pour le mieux, dit Altman.

– C'est facile à dire ! s'offusqua Myst.

– Je pourrais même te trouver un travail honnête, proposa-t-il.

– J'ai du sang mogador. Personne ne propose de travail aux Mogadors.

Aglaé s'impatienta comme d'habitude.

– Vous comptez rester combien de temps assis sur cette fille ? demanda-t-elle. Je vous signale que j'ai une mémoire à retrouver.

Myst repartit vers Extrême Frontière, la tête dans les épaules, l'air maussade et fragile. Elle pleurait. J'avais beaucoup de peine de la voir ainsi. Je me dis qu'elle n'avait effectivement pas choisi sa condition et qu'elle n'y était pour rien d'avoir un père mogador. Je pensais aussi à ces quatre sœurs dont l'unique cadeau paternel avait été ces perles et j'imaginai la colère et la tristesse dans lesquelles ce vol avait dû les plonger. J'aurais aimé être juste envers tout le monde, mais ces quêtes en Alvénir me démontraient que l'on blessait forcément des gens pour atteindre ses objectifs. J'hésitais à abandonner mon égoïsme et ma volonté de retrouver mes parents. Je ne voulais pas provoquer de mal autour de moi pour récupérer ce qui me manquait.

20

Altman était heureux de nous avoir aidées à passer cette épreuve. Il acheta quelques friandises et nous invita à nous reposer un petit quart d'heure au bord du fleuve avant d'aller chercher Dawson.

La lumière était merveilleuse, le ciel un peu mauve, les nuages effilochés avançaient vers l'horizon comme un troupeau tranquille. La plaine s'étalait à perte de vue. Les berges au niveau du village avaient été aménagées avec des tables et des bancs de pierre. Des massifs de fleurs très odorantes coloraient le site. D'autres habitants d'Alegory profitaient de la beauté du lieu. Altman était effectivement très populaire dans son village. On le saluait, on l'abordait partout où il allait, et il restait très agréable avec tout le monde.

– Ça doit être compliqué de faire semblant de bien aimer tout le monde, dit Ginger.

– Je ne fais pas semblant, j'aime bien tout le

monde. En fait, j'aime bien qu'on m'aime, je crois. J'aime les gens qui m'aiment.

– Pas les bandits quand même ?

– On est tous un peu des bandits, tu sais, avoua-t-il en haussant les épaules. Et puis chacun fait ce qu'il peut avec ce qu'il a. Moi je m'adapte aux autres. Je devance leurs envies.

– En gros, tu ne dis jamais à quelqu'un ce qu'il n'a pas envie d'entendre.

– C'est comme ça que je me fais aimer et respecter.

– Alors les gens t'aiment pour ce que tu fais semblant d'être, pas pour ce que tu es au fond, dit Ginger. Moi je préfère me montrer comme je suis et ne pas essayer de plaire à tout prix.

– Tu ne vis pas dans un village de bandits… soupira Altman.

– Je vis à l'orphelinat, c'est pire ! répliqua-t-elle en plissant le front.

Lorsque nous rentrâmes chez Altman, nous trouvâmes sa mère en pleurs, effondrée sur son canapé.

– Ils l'ont pris ! sanglota-t-elle. Le bébé, ils l'ont pris ! Ils ont dit que vous pourriez le récupérer chez Alilam si vous rendiez les perles. Tu vois, tu ne fréquentes que des voyous, Altman. J'étais sûre que tout cela allait mal tourner.

– Ils n'ont pas perdu de temps ! s'exclama Altman.

– Ça n'en finit donc jamais ! se plaignit encore Aglaé. Mais c'est insupportable ! Quand ce n'est pas un problème, c'est autre chose...

– C'est la vie, dit Ginger. Vous avez peut-être oublié aussi que la vie n'était qu'une succession de problèmes.

– Tu exagères un peu quand même, tempérai-je. Comment allons-nous pouvoir récupérer Dawson ? m'inquiétai-je.

Altman ne voyait qu'une solution :

– Nous allons le kidnapper à notre tour. Et vous allez comprendre à quoi ça sert d'être lisse et gentil avec tout le monde.

Aglaé déclara forfait et s'affaissa sur le fauteuil du petit salon.

– Allez où vous voulez, moi j'abandonne.

– N'abandonnez pas ! Si vous ne faites pas d'efforts, vous n'obtiendrez pas ce que vous êtes venue chercher, dis-je.

– Retrouver Dawson ne fait pas partie de mes trois tâches. Vous n'avez pas besoin de moi pour ça. Allez, filez jeunesse ! Je vous attends ici.

Les rues d'Alegory n'avaient plus de secret pour moi. Le village était si petit qu'il me semblait déjà le connaître par cœur. Altman nous expliqua son plan. Le fils d'Alilam était l'un de ses amis. Ginger précisa qu'il s'agissait plutôt d'une connaissance, car Altman entretenait plutôt de bonnes relations que de l'amitié avec les gens.

– Peu importe, c'est le résultat qui compte, dit Altman. Je m'entends bien avec Aljar, le fils du bandit. Nous pourrons rentrer chez eux sans peine par la porte-fenêtre d'Aljar.

Alilam possédait l'unique maison sans chaume d'Alegory. Une grande bâtisse bourgeoise entourée d'un très beau jardin. On aurait dit la maison du maire ou d'une personne haut placée.

En réalité, Alilam était le plus gros bandit d'Alvénir. Il s'était choisi un prénom d'Alvénir pour que les gens ne devinent pas ses origines mogadores. Mais tout le monde savait qu'il avait participé activement à la révolte et qu'il avait été un disciple du Diable Vert. Pour ne pas être banni d'Alvénir par la Grande Chouette, il avait eu six enfants avec une pauvre fille d'Alegory, une simplette qui ne réalisait pas que son mari ne traînait que dans des affaires extrêmement louches. Il avait également financé l'aménagement du havre de paix des bords de la rivière afin d'être apprécié de tous les habitants. La Grande Chouette gardait un œil sur lui, mais ne pouvait, pour autant, contrôler tous ses agissements. Il passait son temps entre Alegory et le pays de Mogador, où il possédait aussi une somptueuse demeure (et une autre femme...). La Grande Chouette n'avait aucun pouvoir sur lui hors des frontières d'Alvénir.

Nous dûmes nous faire tout petits pour nous faufiler entre les arbustes du parc du bandit. Altman fila derrière la demeure et frappa à la porte-fenêtre de la chambre de son ami.

– Tu es fou de venir comme ça ! Mon père est en rogne contre toi ! dit-il en nous ouvrant. En plus, votre bébé, il ne fait que brailler. Ma mère en a assez. Elle l'a mis au lit et enfermé dans une chambre.

– Va le chercher s'il te plaît, Aljar, fais ça pour moi.

– Je peux pas, mon père va me tuer.

– Ton père ne te tuera pas, tu le sais bien. Allez, va me chercher le bébé !

– Tu me donnes quoi en échange ? dit Aljar en fixant Altman de ses yeux très bleus.

– Je ferai tous tes devoirs écrits jusqu'au jour des examens.

Aljar ne réfléchit pas et fila chercher Dawson.

– Et voilà, les filles, vous venez d'apprendre comment on se débrouille dans un monde pourri, dit Altman. Est-ce que ça fait de moi un bandit ? Non, bien sûr.

Aljar me mit Dawson dans les bras et nous conseilla de filer rapidement.

– Je ne veux pas être là quand mon père va découvrir que le bébé n'est plus dans son lit. Je crois que j'ai intérêt à sortir de la maison le plus longtemps possible.

Nous nous précipitâmes donc dans la rue, tandis qu'Aljar prenait la fuite.

Je ne pouvais cependant m'empêcher de repenser à Myst.

– Ne t'inquiète pas, me dit Altman, si elle est enfermée dans les caves d'Alilam, Aljar ira la délivrer. Il suffit de lui indiquer qu'il s'agit d'une jolie fille. Aljar ferait tout pour les jolies filles.

– Et si elle était moche, qui la sauverait ? demanda Ginger.

Sa question resta sans réponse.

Aglaé nous attendait en sirotant une tisane rose. Tout semblait facile pour elle. Elle m'agaçait un peu.

– Ah ! voilà Dawson ! s'exclama-t-elle. Je crois que nous avons tout ce qu'il nous faut maintenant, n'est-ce pas ? Il ne nous reste plus qu'à nous rendre au Palais !

La mère d'Altman nous invita à passer la nuit chez elle. Elle m'installa sur le canapé, Aglaé et Ginger bénéficièrent chacune d'un lit sur la mezzanine du salon. Quant à Dawson, il fut pris en charge par la mère d'Altman, qui continuait à le trouver très mignon. Les couettes sentaient bon, un parfum de lessive original proche de celui des freesias qui poussaient dans le jardin de l'orphelinat et de la vanille des crèmes dessert qu'on nous servait exclusivement les grands jours.

La nuit était très sombre et très silencieuse.

J'entendais juste la respiration tranquille des deux filles sur la mezzanine. Elles dormaient déjà. Les chambres d'Altman et de sa mère étaient situées au premier étage. Pas un bruit ne parvenait d'en haut. Même Dawson ne se manifestait plus. Moi je regardais le noir dans lequel je cherchais à distinguer une lueur. Mes yeux ne parvenaient pas à se fermer. J'avais sans doute pris beaucoup d'assurance depuis l'année dernière, mais la nuit profonde m'effrayait toujours autant.

Le lendemain, notre hôtesse nous prépara un panier pique-nique et quelques biberons pour Dawson. Tandis que je remerciais Altman pour son aide précieuse, sa mère finit par admettre qu'il n'était peut-être pas un si mauvais bougre.

– Je ne me réjouis pas, dit Altman. Demain, elle aura oublié que je suis un type admirable et elle recommencera à me traiter de voyou. Je crois qu'elle a besoin de ça pour s'occuper.

– Vous devriez quitter ce village, suggéra Ginger. Vous n'auriez plus de souci à vous faire.

– Pour aller où ? demanda la mère. À part le Palais et les Portes du temps que nous connaissons grâce aux *Nouvelles du Palais*, nous n'avons pas la moindre idée de ce qui existe ailleurs.

La géographie ne pouvait pas être enseignée en Alvénir puisque ce pays à la géométrie variable changeait en fonction des intentions des gens. Quand on ne sait pas que quelque chose existe ailleurs, on ne peut pas avoir envie d'y aller. Tous les habitants d'Alvénir étaient donc assez sédentaires. Seuls les Almours sillonnaient le pays pour apporter leur aide à ceux qui souffraient.

Je pensais beaucoup au moment où je retrouverais mes parents ou au moins la trace de mes parents. Cet instant que j'attendais depuis des années était là, tout proche, et pourtant j'avais du mal à y croire. Je m'étais habituée au rêve, pas à la réalité. Par contre, dans ma réalité proche se dessinait Alonn. J'espérais tant le revoir. Je me dis que, si je pensais fort à lui, il viendrait peut-être à notre rencontre.

Nous traversâmes de nouveau la plaine immense en longeant les bords verdoyants du fleuve et le canyon rouge ; cependant, le paysage n'était pas vraiment le même. La paroi rocheuse était moins haute, la végétation plus importante. Nous avions hâte d'arriver au Palais, de retrouver enfin ce qui nous avait manqué.

À qui faudrait-il remettre nos parchemins et nos perles ? Au Palais, qui allait s'occuper de valider nos épreuves ? Nous étions impatients mais un peu anxieux. Et si rien ne se passait comme prévu ? Et si ces trois épreuves n'aboutissaient à rien et qu'en plus de notre échec je devais ramener à Margarita un père bébé et une mère amnésique un peu idiote ?

Tandis que nos boussoles intentionnelles nous conduisaient d'un pas sûr vers le Palais, un orage éclata. La pluie devint rapidement cinglante, les éclairs déchiraient le ciel, le tonnerre résonnait sur les parois du canyon. Nous n'avions aucun moyen de nous abriter. Nos vêtements trempés et glacés nous collaient à la peau. Ginger ne faisait que répéter que tout allait bien se finir, c'était certain. Aglaé n'avait que la fin de notre mission en tête, elle avançait donc comme une bête de somme vers l'avenir, sans se plaindre davantage. Je portais, à mon tour, le pauvre Dawson en bandoulière, comme Alonn m'avait appris à le faire, mais le bébé était paniqué par l'orage et la pluie.

– On pourrait mourir foudroyés, remarquai-je. C'est très dangereux.

– Mais non, je te dis qu'on ne risque rien! m'assura Ginger.

– N'empêche que, sur les terres d'Alpagos, Aglaé a déjà failli y passer… et d'ailleurs, elle y a même laissé des plumes, précisai-je. Alvénir n'est pas un monde sans danger, il ne faut pas exagérer.

La foudre tomba alors juste devant nous sur un arbre solitaire. Nous vîmes une boule de feu descendre le long du tronc. En une seconde, il était devenu tout noir.

Ginger s'immobilisa, la bouche grande ouverte. On aurait dit qu'elle aussi venait d'être foudroyée.

– Impressionnant, remarqua-t-elle finalement.

Puis elle vint se coller contre moi et serra fort mon avant-bras de ses deux mains toutes brunes. D'une voix douce, elle avoua :

– Je crois que j'ai eu très peur. Je ne suis plus si sûre que nous soyons en sécurité partout. Tu as sans doute raison, Joy…

J'eus l'étrange sentiment que Ginger était devenue ma petite sœur. Je l'aimais plus qu'avant. Différemment. Je nous sentais proches et complices. Je ne voulais pas qu'elle souffre plus qu'elle n'avait déjà souffert. J'avais l'impression que nous serions toujours là l'une pour l'autre. J'embrassai son front et tentai de l'apaiser.

– Danger ou sécurité, peu importe ! Avancez donc, au lieu de vous poser des questions inutiles, ordonna Aglaé.

– C'est vrai que vous, vous ne vous posez plus trop de questions tout court, dit Ginger. J'espère que vous allez redevenir comme avant. Je l'aimais bien, Aglaé.

21

La pluie cessa comme elle était arrivée, brusquement. L'un des soleils pointa ses rayons blancs droit dans nos yeux. Nous étions éblouis. Je crus deviner la silhouette d'Alonn à contre-jour. Je n'en revenais pas de sentir mon cœur battre si fort dès qu'il s'approchait de moi. Personne ne m'avait jamais fait cet effet-là. Je plaçai ma main en visière au-dessus de mes sourcils pour m'assurer qu'il ne s'agissait pas d'un mirage. Mon cœur s'affola de nouveau. C'était bien lui. Il marchait tranquillement vers nous. Nous ruisselions toutes les trois. Nos cheveux, nos chaussures, nos robes, tout était trempé. Alonn ne fit aucune remarque à ce sujet. Cela n'aurait servi à rien. Alonn évitait toujours de parler pour ne rien dire. C'était encore une chose que j'appréciais chez lui.

– Tu m'as appelé ? dit-il. Me voilà.

J'étais enchantée que la transmission de pensée ait aussi bien fonctionné ; cependant, une certaine déception m'accablait depuis peu. Je me dis qu'Alonn ne faisait ici que son métier d'Almour. Il courait à ma rescousse parce qu'il était né et formé pour cela, mais je sentais bien qu'il ne serait pas venu vers moi si je ne l'avais pas appelé. J'aurais voulu qu'il m'aime aussi et qu'il s'intéresse à moi par amour, pas par devoir.

Je ne sais pas pourquoi, la première chose que je lui dis fut :

– Non, non, je ne t'ai pas appelé.

– Mon œil, me répondit-il tout bas.

Sans me poser de question, il prit Dawson dans ses bras et l'installa dans son écharpe sèche. Puis il nous tendit une serviette qu'il venait de sortir de son sac et nous pûmes ainsi nous essuyer la tête.

– Comment savais-tu que nous aurions besoin d'une serviette ? s'étonna Ginger.

– Pur hasard, dit Alonn.

– Quel mensonge ! s'exclama Ginger. Alors là, cette fois, j'y crois plus du tout. Le hasard, ici, ça n'existe pas. Tout est écrit, je vous le répète. J'ai eu un doute quand l'éclair a brûlé l'arbre, mais je me dis que ce coup de foudre n'était pas là par hasard.

Elle me fixa en souriant. Je me demandais si elle s'était vraiment rendu compte de ce qu'elle venait de dire ou si le hasard des mots existait encore dans sa bouche.

Je la trouvais bien jeune pour faire de telles allusions, mais en Alvénir, plus personne ne paraissait avoir son âge. Ici, tout était bousculé. Même mon cœur.

Nous reprîmes notre route. Je retirai mes chaussures trempées. Je détestais la sensation à peine tiède et un peu glutineuse du vieux cuir et des chaussettes de laine mouillées.

Nous approchions du Palais. Tout nous l'annonçait. Les chemins devenaient des routes pavées de pierres rosées et bordées d'arbres parfaitement taillés. Ici, la nature semblait disciplinée. Nous rencontrâmes quelques promeneurs tranquilles et élégants. Il fallait parfois faire abstraction de leur tête de tapir ou de crapaud, mais l'ensemble des êtres que nous croisions avait une tout autre allure, une tout autre attitude que les habitants d'Alegory.

Alonn voulut que je lui raconte comment nous avions obtenu les perles, et je ne pus m'empêcher de lui faire part de ma culpabilité vis-à-vis de Myst et des quatre sœurs du pays de Mogador. Si moi je pouvais me réjouir d'avoir obtenu ce que je cherchais, je n'étais pas fière d'avoir engendré de la tristesse ou de la douleur chez les autres pour atteindre mon but.

– Les perles appartiennent au collier sacré, dit Alonn, pas à ces filles.

Je respectais les paroles d'Alonn comme celles d'un sage et je n'osai pas lui exprimer mon désaccord. Est-ce que tout était toujours aussi simple ? Est-ce que les quatre sœurs se souciaient de l'aspect sacré de ce collier ? Ce trésor qui était essentiel à la Grande Chouette et aux habitants d'Alvénir était essentiel aux quatre filles pour bien d'autres raisons. Quant à Myst, qui volait pour survivre, comment avais-je pu ignorer à ce point son désespoir ?

– Tu as un grand cœur, dit Alonn. Mais il va falloir apprendre à penser un peu plus à toi.

– Je ne veux faire de mal à personne.

– Je crois que c'est impossible. Il faut naître Almour pour cela.

Cette réponse me plongea dans un grand silence. Je comprenais qu'Alonn n'avait sa place qu'en Alvénir et que des garçons comme lui n'existaient pas parmi les humains. Il était un rêve, en quelque sorte, et je ne devais pas l'aimer puisque dans quelques heures nous allions forcément nous quitter.

– On peut aimer un rêve et on peut aimer rêver, dit-il de sa jolie voix.

Je finissais par m'habituer à ses intrusions dans mon âme.

Au bout d'une avenue bordée d'arbres aux fleurs

étoilées se dressait le Palais d'Alvénir. Ce palais des merveilles de sept étages, bien plus imposant et majestueux que le château d'Alpagos, était construit en marbre blanc et rose. Dix tourelles octogonales, semblables à de petits clochers, encerclaient un magnifique dôme recouvert de tuiles qui formaient un damier argenté et noir. De grandes fenêtres-miroirs reflétaient la végétation luxuriante du parc. Des chorales d'oiseaux nous accueillirent devant la grille.

– Enfin un endroit civilisé ! s'exclama Aglaé.

Alonn nous demanda d'attendre devant la grille. Il passa un badge devant la cellule du portail, qui s'ouvrit sur-le-champ. Puis il avança dans la grande allée de galets blancs, et je le vis devenir de plus en plus petit dans le parc. Bientôt, il ne fut qu'un point, et j'eus l'impression que je ne le reverrais jamais. Je fermai les yeux comme à mon réveil, le matin, lorsque je tentais de prolonger mes bons rêves encore quelques instants.

Nous attendîmes longtemps. Nous avions fini par nous asseoir par terre devant l'entrée. Dawson buvait son dernier biberon dans mes bras, Aglaé se plaignait de ses vêtements qui étaient encore très humides, Ginger avait dessiné une marelle du bout de sa chaussure dans la fine couche de sable qui recouvrait « le chemin des touristes » autour du Palais.

Elle sautait à cloche-pied et paraissait soulagée d'être enfin arrivée au terme de notre voyage.

Soudain la chape de brouillard que je commençais à bien connaître s'abattit sur nous. La multitude de papillons verts surgit du centre du nuage, suivie par la Grande Chouette, qui semblait contrariée et très pressée :

– Désolée de vous avoir fait attendre. Je ne sais plus où donner de la tête aujourd'hui.

Elle regarda Dawson et s'étonna :

– Vous avez troqué le monsieur roux contre un bébé ?

Aglaé lui raconta nos aventures. La Grande Chouette ne s'intéressait pas à ce que nous avions vécu. Elle interrompit le récit.

– Ne tardons pas, s'il vous plaît, j'ai beaucoup à faire, dit-elle. Suivez-moi !

Elle effleura le portail qui s'ouvrit par magie et nous empruntâmes la grande allée de galets blancs jusqu'aux portes du Palais.

Mes jambes tremblaient. Qu'allait-il se passer ? Tous nos efforts seraient-ils récompensés ? Cependant, l'idée que je croiserais peut-être Alonn dans le Palais venait apaiser une partie de mon angoisse. Mon cœur palpitait pour deux raisons, mes émotions s'entremêlaient, j'étais un peu perdue.

La Grande Chouette ne marchait pas.

Je ne l'avais jamais observée dans ses déplacements, mais en fait, elle flottait à quelques centimètres du sol.

– Est-ce que parfois vous devenez vraiment une chouette et vous volez dans le ciel avec des ailes ? lui demanda Ginger.

– Ça m'arrive, dit-elle. Mais est-ce que cette question était bien utile ?

– Toutes les questions doivent-elles être utiles ? répliqua Ginger.

La Grande Chouette poussa la porte du Palais sans apporter de réponse à mon amie.

Ginger poursuivit :

– Ma dernière question était pourtant une question utile. Vous ne voulez pas répondre ?

Dans le Palais, tout le monde s'inclinait au passage de la Grande Chouette. Nous ne savions pas où elle nous conduisait, mais elle avançait très vite, les pieds à quelques centimètres au-dessus du sol.

– Au moins, vous n'usez pas vos chaussures, dit Ginger en riant.

Elle nous fit entrer dans un immense bureau tapissé de tentures vertes.

– Asseyez-vous ! ordonna-t-elle en nous indiquant une banquette un peu dure.

Elle suspendit sa veste à un portemanteau en forme d'arbuste et alluma un plafonnier semblable à une lune.

– Donnez-moi les preuves. Je dois vérifier si vous avez tout réussi.

– Nous ne serions pas ici si nous avions échoué, dit Aglaé.

Dawson n'aimait pas la voix de la Grande Chouette. Dès qu'elle se mettait à parler, il réagissait en pleurant.

Je sortis mes certificats et les trois perles sacrées en précisant :

– Nous sommes trois, et il y a trois perles.

– Vous êtes quatre, corrigea la Grande Chouette.

– Oui, mais moi je ne viens rien chercher cette fois-ci, dit Ginger.

La Grande Chouette regarda Ginger dans les yeux quelques secondes et posa la main sur son front. Une lumière pâle les auréola toutes les deux.

– C'est normal : tu es des nôtres, dit la Grande Chouette.

– Non, non, je viens d'Appleton comme Joy.

– Tu as peut-être vécu à Appleton, mais tu es des nôtres. Tu fais partie de la famille sacrée.

– Appleton, répéta tout bas Ginger, contrariée. Appleton, c'est ma ville. Je suis comme Joy. On n'est pas d'Alvénir.

– Allons-nous récupérer ce qu'il nous manque ? demanda Aglaé avec son tact habituel.

– Vous, de toute évidence, il vous manque de la patience ! répondit la Grande Chouette agacée.

Elle vérifia nos parchemins et passa les perles devant une lampe mauve qui lui révélait la nature sacrée de nos pierres. Devant cette lumière les perles disparaissaient complètement. Dès que la main de la Grande Chouette n'était plus devant le faisceau mauve, la pierre reprenait forme dans sa paume. Elle testa les trois pierres. Lorsque la perle avait réussi le test, elle la posait dans un petit coffret à bijoux qu'elle laissait ouvert au bord de son bureau. La troisième pierre ne disparut pas sous la lampe mauve.

– Désolée, mais c'est un faux, dit la Grande Chouette. Qui a trouvé cette perle ?

Nous nous regardâmes en silence, déconcertés par cette question.

Personne ne pouvait identifier sa propre perle puisque nos perles étaient toujours restées ensemble dans la poche de Ginger.

– Je vais être plus claire, dit la Grande Chouette. Qui n'a pas rempli correctement son contrat ?

Face à notre silence persistant, elle s'emballa :

– L'un d'entre vous ne retrouvera pas ce qui lui manque aujourd'hui. De qui s'agit-il ? Qu'il se dénonce !

– Finalement j'ai de la chance de ne rien attendre de cette aventure, constata Ginger. Je vous plains beaucoup. Le choix est impossible. Il faudrait peut-être repartir chercher la pierre manquante. Comme ça, personne ne serait exclu.

– Ah ! non, moi je ne bouge plus d'ici ! répliqua Aglaé.

J'avais beaucoup de mal à me faire à l'égoïsme d'Aglaé. Je concevais que sa mémoire ait pu disparaître, mais comment son caractère si généreux, si attentionné, comment son élégance et sa bonté avaient pu laisser place à tant de défauts ?

– D'accord, mais vous surveillez Dawson ! dit Ginger. Joy et moi nous retournons voir Myst.

Elle avait gardé une quatrième perle.

– Non, je ne m'occupe pas de Dawson, je déteste les bébés, je vous l'ai déjà dit, il me semble. Et puis j'en ai vraiment assez. Je suis fatiguée.

– Mais enfin, Aglaé, nous sommes presque au bout de nos peines et vous refusez de nous aider ? Je ne vous reconnais plus du tout, m'étonnai-je.

Elle nous fit un grand sourire. Je retrouvais presque son visage avenant.

Ginger ne tint pas compte des caprices d'Aglaé et lui déposa Dawson au creux des bras.

– Débrouillez-vous pour lui trouver un biberon et une couche. Nous reviendrons vite.

La Grande Chouette observait Aglaé d'un œil suspicieux. Elle nous posa plusieurs questions au sujet de l'amnésie d'Aglaé. Elle hochait la tête mais ne semblait pas convaincue.

– Vous, dit-elle, en me pointant du doigt. Vous venez avec moi. J'aimerais vous parler en tête à tête.

– Oh, non, s'il vous plaît, Grande Chouette, ne kidnappez pas Joy ! Vous nous avez déjà pris Eulalie…

– Il n'est pas question de cela, répondit la Grande Chouette.

Elle me précéda dans une petite pièce, une remise qui sentait l'encre d'imprimerie et la poussière, où s'entassaient des milliers de journaux, de revues, de documents et de classeurs.

– Vous n'avez aucun doute concernant Aglaé ? me demanda-t-elle.

– Eh bien, disons que j'ai surtout peur qu'elle ne retrouve pas la mémoire.

– Mais imaginez que cette Aglaé-là n'ait pas de mémoire…

– Je ne vous comprends pas.

– L'égoïsme, la paresse, les caprices sont les caractéristiques des reflets d'Alvénir, et je me demande si le reflet d'Aglaé ne s'est pas substitué à la véritable Aglaé quand vous étiez évanouies.

– Pourquoi aurait-il fait ça ?

– C'est une méthode courante pour s'évader d'Alvénir. Il me semble que votre Aglaé n'est que le reflet d'Aglaé. Y a-t-il un détail qui pourrait nous assurer qu'il s'agit bien d'Aglaé ? demanda la chouette.

– À vrai dire, cette femme n'a rien à voir avec Aglaé. À part ses habitudes de grande dame qui ressortent de temps en temps, on voit bien qu'elle a eu l'habitude d'être servie.

– Par sécurité, je vais faire vérifier la liste des reflets et convoquer le sien, s'il existe en Alvénir.

– Rendez sa mémoire à Aglaé et vous verrez alors s'il s'agit vraiment d'elle. Si Dawson reprend son état normal, il sera un excellent juge. Il saura nous dire s'il est vraiment en face de sa femme.

– Ce n'est pas si facile que ça. Les reflets peuvent mentir et tricher, ce sont les seuls en Alvénir qui savent aller contre les lois. Imaginez qu'ensuite Dawson rentre chez lui avec le reflet de sa femme…

La Grande Chouette ordonna à une secrétaire de rechercher l'éventuel reflet d'Aglaé parmi les habitants d'Alvénir, puis elle nous ordonna :

– Rapportez-moi la perle manquante. Je dois filer, je suis débordée aujourd'hui. On me réclame partout et je ne peux pas être partout. C'est évident !

22

J'étais encore plus inquiète de laisser Dawson aux bons soins d'Aglaé depuis que je savais qu'elle n'était peut-être pas Aglaé. Cependant, le bébé aurait retardé notre mission que nous souhaitions régler le plus rapidement possible.

Nos boussoles intentionnelles nous guidèrent sans mal vers Alegory. D'ailleurs, sans Dawson ni sa femme, le chemin nous parut beaucoup plus court et comme d'habitude il fut un peu différent. Nous nous rendîmes chez Altman. Sa mère nous accueillit aussi généreusement que lors de notre première visite. Elle nous indiqua le terrain de sport où nous pouvions retrouver « le voyou ». Lorsque nous fîmes part à Altman de notre volonté de parler à Myst, il n'hésita pas une seconde.

– J'ai un faible pour cette jolie bandit, chuchota-t-il, et je crois que je sais où elle se cache.

– Bien sûr que tu le sais ! C'est encore écrit à l'avance. Tout est prévu, tout s'enchaîne. Nous n'avons rien à redouter.

– Oh ! Ginger, arrête avec ça, c'est agaçant à la fin ! m'exclamai-je.

Altman constata que je m'énervais pour rien et que j'avais sans doute besoin de repos. Ginger ajouta :

– Tu peux râler tant que tu veux, Joy, je sais que j'ai raison.

Altman nous conduisit chez Aljar. Il tapa aux carreaux de sa porte-fenêtre.

– Je t'ai dit de pas venir ici. On peut se voir où tu veux, mais pas chez moi. Depuis l'histoire des perles, mon père est devenu encore plus dingue, dit-il à Altman.

– Je dois parler à Myst !

– Cette fille n'est pas pour toi. T'imagines la tête de ta mère si tu ramenais une bâtarde mogadore chez toi ?

– Si Myst est une bâtarde, alors toi aussi…

– Ouais, c'est vrai. Myst et moi, on se ressemble. On est sans doute faits l'un pour l'autre, dit le garçon arrogant.

– Il ne s'agit pas d'une histoire d'amour, précisai-je. Il s'agit juste d'aider un papa en détresse. Le père d'une de mes amies a été transformé en bébé et nous avons besoin d'une perle sacrée pour le libérer de ce mauvais sort.

– Moi j'aime pas mon père. Je vois pas pourquoi il faudrait aider les pères.

– Aide sa fille alors, dit Ginger.

Elle me chuchota :

– Tu vas voir, je suis certaine qu'il va finir par nous conduire jusqu'à Myst. On ne peut pas repartir d'ici sans perle, c'est évident…

– Arrête avec ça, je t'ai déjà dit, tu me fatigues !

Je dus pourtant me rendre à l'évidence : ce qu'avançait Ginger était vrai encore cette fois. Aljar se réjouit à l'idée d'aider Margarita que je venais de lui décrire rapidement.

– OK, alors, je ferai ça pour la fille, dit-il. Elle me plaît bien.

Altman leva les yeux au ciel. Il semblait accablé par les raisonnements superficiels d'Aljar. Cependant, ne venait-il pas d'évoquer son faible pour Myst, la jolie bandit ? Tous les garçons se ressemblaient sans le savoir.

– Je ne crois pas que Myst puisse vous aider à quoi que ce soit. Elle a donné la dernière perle à mon père avant qu'il ne l'enferme au cachot. Depuis, je l'ai libérée, mais je ne sais pas où elle se cache.

– Mais tu sais peut-être où ton père a caché la perle ? demanda Altman.

– Sans doute avec les autres, dans sa vitrine-coffre-fort. Le problème, ce n'est pas l'alarme, que je pourrais facilement déconnecter…

– Il n'y a pas de problème alors ! se réjouit Altman.

– Le nombre de perles, c'est ça le problème. Elles sont comptées trois fois par jour par son secrétaire. Si une perle disparaît, mon père va tous nous mettre au cachot jusqu'à ce que le coupable se dénonce.

Je fis remarquer à Ginger que, malgré ses prévisions optimistes, rien ne se passait vraiment bien.

– J'ai une solution, claironna Ginger.

Elle sortit fièrement de sa poche la fausse perle qui avait été refusée par la Grande Chouette.

– On remplace une vraie par une fausse !

– T'es une sacrée fille ! T'as du sang mogador ou quoi ? dit Aljar en riant.

– Elle a du sang sacré, dis-je. Elle fait partie de la famille sacrée d'Alvénir.

– Si j'étais née en Alvénir, je ne porterais pas un prénom qui commence par G. Enfin réfléchis, s'indigna Ginger.

Aljar rétorqua aussitôt :

– Mouais, ça ne veut rien dire. Mon père est

mogador et tout le monde l'appelle Alilam. Il faut pas se fier aux apparences.

– Qu'est-ce qu'il t'arrive, Aljar ? On dirait presque que tu penses, plaisanta Altman.

Aljar frappa le haut du crâne d'Altman, lequel fit de même. Ils avaient l'air habitués à ce jeu idiot. Altman nous dit de revenir quand le second soleil croiserait le premier dans le bas du ciel.

– Mon père va se coucher à cette heure-là.

Nous avions donc sans doute quelques heures devant nous.

Altman nous invita à revenir sur les berges du fleuve, et nous regardâmes les soleils tomber doucement comme deux ballons sur l'horizon, au bout de la plaine immense.

– Je t'aime bien, Altman, dit Ginger. Mais pas pour ce que tu fais semblant d'être. Je t'aime bien pour ce que tu es au fond.

– Je ne sais même pas ce que je suis au fond. Mais merci ! Ça me touche. Ce qui compte, c'est qu'on m'aime.

Altman voulut comprendre pourquoi Aglaé ne nous avait pas accompagnées puis, tandis que je lui faisais part des doutes de la Grande Chouette à l'égard d'Aglaé, il m'avoua avoir eu les mêmes idées lors de notre aventure commune.

– Cette femme est égoïste et capricieuse comme les reflets d'Alvénir, mais elle porte une montre et la même alliance que son mari… Voulez-vous que je me renseigne pour savoir si la véritable Lady Bartropp a été séquestrée quelque part chez les Mogadors ? Peut-être que le reflet lui a volé ses vêtements et ses bijoux…

– Ta mère a raison, tu es un voyou ! dit Ginger en riant.

Il nous pria de l'attendre ici pendant qu'il interrogeait ses « amis ». Mais à l'heure où les deux soleils se croisèrent dans le ciel, il n'était toujours pas revenu pour nous emmener chez Aljar. Nous nous rendîmes donc sans lui chez Alilam et son fils. Aljar s'étonna de l'absence de son ami.

– J'espère qu'il ne lui est rien arrivé, dit-il.

Je sentis alors qu'il tenait vraiment à Altman.

Quelques minutes plus tard, le gentil voyou arriva tout essoufflé.

– Pas trace de votre Aglaé ici ni chez les Mogadors. C'est sûr, la femme qui vous accompagnait doit être la véritable Aglaé.

– On verra bien si la Grande Chouette a réussi à convoquer son reflet à notre retour, dis-je. Rien n'est encore certain. Aglaé n'a peut-être pas de reflet en Alvénir.

Aljar nous fit passer par le « passage secret des placards ». Une sorte de toboggan dissimulé derrière la porte d'un dressing qui permettait de rejoindre en quelques secondes les salles interdites du sous-sol.

– Par où remontera-t-on ? demanda Ginger tandis qu'elle glissait derrière moi.

Un gros chien-sanglier nous accueillit en bas du toboggan. Il grognait, l'air furieux. Aljar tendit la main vers lui pour lui gratter le museau. L'animal parut ravi. Je soufflai de soulagement.

Altman connaissait un code qui déconnectait l'alarme pendant vingt secondes. Enfin vingt « je ne sais trop quoi », puisque les secondes n'existaient plus en Alvénir. Il suffisait de compter jusqu'à vingt en frappant dans nos mains entre chaque chiffre. Un. *Clap*. Deux. *Clap*. Trois. *Clap*…

Cela laissait peu de temps à Aljar pour échanger la perle. Il fallait soulever la lourde cage de verre posée sur les pierres précieuses, prendre la vraie perle et remettre la fausse exactement au bon endroit.

Aljar déconnecta l'alarme, et je me mis à compter.

Décidément, je devenais la préposée à ce genre d'occupation. Compter des chansons, compter des unités.

– Un. *Clap*. Deux. *Clap*. Trois. *Clap*… commençai-je.

Altman aida Aljar à soulever la cloche en verre. Ils manquèrent de la laisser tomber, je poussai un petit cri. Le chien-sanglier, affolé, me sauta dessus et me fit tomber à la renverse.

– Sept. *Clap*. Hi ! Aïe ! Il est fou ce chienglier ! Huit. *Clap*. Neuf...

Ginger tendit la fausse perle, Aljar lui remit la vraie, le tour était joué !

Alors que nous reprenions tous notre souffle, ravis que cette opération ait parfaitement fonctionné, un bruit de pas dans l'escalier nous fit sursauter.

– Mince ! C'est le secrétaire qui vient compter les perles avant de dormir ! J'étais persuadé qu'il était déjà passé... dit Aljar.

Il nous fit entrer à toute vitesse dans le tunnel toboggan. Une fois que nous fûmes entassés à l'intérieur derrière la trappe d'arrivée, il chuchota :

– On va remonter par là, je l'ai déjà fait. C'est difficile, mais si vous vous accrochez bien sur les bords, vous arriverez à vous hisser.

– Et si on attendait que le secrétaire soit reparti, non ? proposai-je lorsque je constatai que les semelles de mes chaussures glissaient beaucoup trop pour que j'envisage le moindre pas sur la rambarde.

Le museau du chienglier tentait de soulever la trappe. Il faisait un raffut terrible avec son groin. Il tentait sans doute d'accomplir son travail de chienglier de garde et d'indiquer au secrétaire d'Alilam que nous étions cachés là.

– C'est juste qu'il s'ennuie et qu'il veut jouer avec nous, précisa Aljar.

– Souvent on ne comprend pas bien ce que veulent les gens, dit Ginger. On prend les gentils pour des méchants et l'inverse.

Le secrétaire était reparti. Le chienglier lui avait couru après, puis il était revenu secouer la trappe du bout de son groin. Nous avions très chaud dans cet espace clos et étroit.

Je suppliai Aljar de ne pas remonter par le toboggan. J'aurais été incapable de le suivre. Altman allait dans mon sens. Il insista pour que nous prenions un autre chemin.

– On ne peut pas passer par l'escalier de la maison ! dit Aljar. C'est trop risqué. On peut essayer de sortir dans le jardin par le vasistas.

– Alors là, celui qui a écrit l'histoire nous complique sérieusement la vie ! Franchement, je ne vois même pas à quoi ça sert puisque de toute façon nous allons rapporter la perle à la Grande Chouette et que tout va bien se terminer, remarqua Ginger.

Je me retins de me fâcher encore une fois. Je préférais finalement ne plus intervenir dans ce délire qui semblait la rassurer. Elle pourrait ainsi terminer notre voyage sans angoisse.

Nous parvînmes à passer tous les quatre par la minuscule fenêtre de la cave. La sortie fut périlleuse en raison d'un massif de ronces qui avait poussé à cet endroit. Aljar mit les mains en avant et étouffa un cri de surprise. Il écrasa ensuite la plante avec ses semelles et nous recommanda d'éviter de poser nos mains à terre, ce qui ne facilitait pas du tout notre progression.

Le chienglier grognait très fort. Il voulait nous suivre et jappait au pied du tabouret sur lequel nous montions pour atteindre le vasistas.

Dès que nous fûmes tous dans le jardin, je remerciai les garçons pour leur aide précieuse :

– Si vous venez un jour près d'Appleton, je serai là pour vous, dis-je.

– Moi je dois revenir bientôt dans le monde d'Alvénir. On se reverra peut-être, ajouta Ginger.

Altman nous raccompagna jusqu'à l'extérieur du parc en empruntant un chemin à l'abri des regards, entre des arbres, des massifs de fleurs et des bambous.

Il avait l'air un peu triste de nous quitter.

– C'était bien de vous rencontrer, dit-il en repartant vers chez lui.

Nous reprîmes le chemin de la plaine puis du canyon. Je repensai à Alonn au moment où je passai à l'endroit où il nous avait rejoints. Je savais qu'à ce moment de la journée il ne pouvait pas être avec nous puisqu'il était en train de « déterminer » au Palais avec les autres Almours.

Ginger sautillait de nouveau.

– Pourquoi ça te gêne tellement d'être un être sacré du monde d'Alvénir ? demandai-je. Moi ça ne me déplairait pas.

– Si, ça te déplairait autant que moi de penser que tes parents ne sont sans doute pas tes parents... et de réaliser qu'on t'a sûrement caché des choses. Moi je ne veux pas croire à tout ça.

– Tu vas encore me dire que celui qui décide de notre histoire exagère, dis-je en riant.

– Exactement. On aurait pu aller droit au but. Je devais juste vous aider à retrouver tes parents et Eulalie. C'est pour ces raisons que je vous ai accompagnées. Je ne m'attendais pas à tout le reste.

– Merci, Ginger, pour ta générosité.

Je voulus la serrer dans mes bras, mais il était impossible de la faire s'arrêter. Elle me tournait autour comme une libellule.

D'où provenait toute son énergie après la journée que nous venions de passer ? Moi j'étais si fatiguée, j'avais si faim et soif que mes jambes tremblotaient à chaque pas.

Heureusement, nous apercevions déjà le Palais.

– Imagine que cette perle-là aussi soit fausse, dit Ginger en sortant la pierre de sa poche.

– Je ne m'inquiète pas pour la perle, je m'inquiète pour Aglaé. Je sens que nous ne sommes pas près de sortir du monde d'Alvénir…

23

Alonn se tenait devant la grille bleue du Palais. Il souriait. Comme d'habitude, mon cœur s'accéléra dès que je l'aperçus. Il parut heureux de nous retrouver. Je me dis qu'il était venu ME chercher. Je mourais d'envie de lui sauter au cou. J'avais l'impression de le connaître depuis si longtemps, l'impression que nous étions de grands amis, l'impression que je lui avais manqué. L'impression.

Grâce à son badge, il nous fit entrer dans le parc sans plus tarder.

– Comment savais-tu que nous arrivions ? demandai-je.

– Tu te poses encore ce genre de question ? s'étonna Alonn.

Il toucha son front du bout du doigt, puis le mien.

– Con-nex-ion… dit-il.

Il nous accompagna jusqu'au hall du Palais, s'excusa très poliment de devoir nous quitter et partit en direction de l'aile droite, tandis que nous étions attendues de l'autre côté. Je le regardai s'éloigner et ne pus m'empêcher de m'écrier :

– Alonn, attends !

Il se retourna tranquillement.

– On ne va sans doute plus jamais se voir, bafouillai-je.

– Oui, je sais.

J'attendais qu'il ajoute quelque chose mais rien ne vint. Je pris la liberté de lui avouer que j'aurais beaucoup aimé le revoir.

– Ça paraît impossible, rétorqua-t-il un peu sèchement.

Je me sentis très triste. J'essayais de cacher mes sentiments, mais j'avais oublié un instant qu'Alonn pouvait lire dans mes pensées.

– Non, ce n'est pas triste, dit-il froidement. Je penserai à toi.

J'avais envie d'être près de lui et je ne voyais pas comment il espérait me satisfaire simplement en pensant à moi. J'hésitais à lui répondre. Il semblait si distant.

– Moi, ça ne me gêne pas de ne plus te voir du moment que je pense à toi, affirma-t-il.

Nous n'allions donc plus partager quoi que ce soit tous les deux.

– Ça ne me dérange pas, ajouta-t-il avant même que j'aie pu m'exprimer à ce sujet. Il y a plein de gens que j'aime de cette façon.

Ma question n'était pas de savoir si cela le dérangeait ou non de ne pas me voir, parce que évidemment nous pouvions nous passer les uns des autres. Nous étions tous construits pour faire face à l'absence et à la mort (et de ce côté-là, j'en connaissais malheureusement déjà un brin). Ma question concernait le plaisir qu'Alonn pouvait éprouver à se priver ainsi de ceux qu'il aimait. Où se trouvait l'amitié dans un tel évitement ?

Alonn ne répondit pas cette fois. J'attendis. Je fixai ses beaux yeux, persuadée qu'il allait enfin s'expliquer.

Il respirait plus vite que d'habitude et je pensai pendant quelques secondes qu'il allait me déclarer son amour ou, au moins, un peu d'amitié.

– Je suis désolé que tu ne conçoives pas les choses comme moi. Nous sommes différents, voilà tout, dit-il impassiblement.

Alonn n'avait donc fait que son travail d'Almour. Rien de plus. Il était venu à mon secours comme un animal dressé pour le sauvetage. Il se fichait pas mal de ce qui aurait pu me rendre heureuse, de ce que je ressentais. Sa mission semblait achevée désormais. S'il avait l'habitude d'agir ainsi, pouvais-je me rassurer en me disant qu'il n'avait jamais vraiment aimé personne ?

– Tu n'as donc pas envie qu'on passe d'autres bons moments ensemble ?

– Heu… ben… non… pas spécialement, je me sens bien comme ça.

– Eh bien, pas moi ! murmurai-je, déçue.

Je me surpris à m'exprimer avec cette assurance qui me ressemblait si peu. Alvénir m'avait transformée.

Il y eut un long silence. Il ne s'était sûrement pas rendu compte de la méchanceté de ses propos. Je lui laissai le temps de me demander pardon. Il me fixait encore de ses yeux mauves avec une certaine tendresse, de la pitié peut-être.

Je poursuivis à mi-voix :

– Je ne me doutais pas que les Almours pouvaient être égoïstes.

Alonn ne réagit pas. Ma frustration s'amplifiait à mesure que je découvrais le côté hermétique de son âme. J'avais beau déployer toutes les explications possibles, je finissais par me demander si son incompréhension était une façon déguisée de m'exprimer son refus de m'aimer ou un dysfonctionnement de son esprit, une faiblesse spécifique dans l'intelligence des Almours. Ces deux découvertes me déplaisaient l'une comme l'autre. J'avais tant rêvé que nous étions faits pour nous entendre. Je retenais mes larmes. Il ne ressentait pas grand-chose pour moi, pas grand-chose d'ailleurs. Il lui manquait un cœur humain. Voilà sans doute pourquoi il avait dû apprendre à rire et pourquoi il suivait des cours de bonheur avec Eulalie.

– Est-ce que les Almours éprouvent parfois des sentiments ? demandai-je timidement.

Je me trouvais de plus en plus téméraire, mais je savais que je n'aurais sans doute plus d'autres occasions de parler à Alonn. C'était maintenant ou jamais.

– Les Almours aident les gens, se justifia-t-il en rougissant.

Il était troublé par ma question. Cela me redonnait quelques espoirs. Il n'aurait pas rougi si rien ne le touchait vraiment. Peut-être que sa distance n'était qu'un bouclier pour ne pas souffrir d'une histoire d'amour impossible. Après tout, il était difficile d'envisager une suite à notre relation et sans doute se protégeait-il ainsi d'une future tristesse.

Je me sentis alors un peu plus forte, un peu plus grande. En effet, Margarita m'avait dit que les plus beaux romans d'amour étaient des histoires d'amour impossible. Peut-être avais-je la chance de commencer ma vie amoureuse par l'une de ces fascinantes aventures compliquées.

– Je te parlais de sentiments. Tu ne m'as pas vraiment répondu, fis-je remarquer à Alonn. Je pensais que nous étions proches l'un de l'autre. Sans doute parce que c'était la première fois que je…

Ginger s'impatientait :

– Bon, c'est pas fini, les adieux ? Joy, tu n'auras qu'à revenir en Alvénir avec moi, comme ça, vous pourrez vous revoir tous les deux.

– Oui, bonne idée ! Je reviendrai avec Ginger ! m'exclamai-je. Qu'est-ce que tu en dis, Alonn ?

– D'accord. À un de ces jours alors ! se contenta-t-il de répondre en s'éloignant.

J'éclatai en sanglots. Alonn m'avait pourtant assuré que les Almours ne faisaient jamais de mal à personne. Il ne se connaissait donc pas du tout. Il venait de me blesser si fort.

Je m'en voulais de m'être trompée, je m'en voulais d'avoir rêvé, d'avoir cru en l'Almour et je détestais ce garçon, sa froideur subite, son égocentrisme, son attitude hautaine, et ses intrusions dans ma tête, lorsqu'il lisait mes pensées, m'apparaissaient désormais comme un cambriolage.

J'essayai en vain de sécher mes larmes qui coulaient sans s'arrêter, tandis que Ginger et moi nous nous hâtions vers la pièce où nous avions laissé Aglaé et Dawson. Le nourrisson braillait, allongé à même le sol ; notre Lady, elle, s'était endormie sur la banquette.

Je pris le bébé dans mes bras, et Ginger se chargea de réveiller Aglaé. Cela semblait compliqué. Elle dormait si profondément.

On frappa à la porte. Nous vîmes un couple âgé qui avait passé les trois épreuves et venait aussi récupérer ce qui lui manquait.

– Et que vous manque-t-il ? demanda Ginger.

– La jeunesse ! s'exclamèrent-ils en riant. Et après tout ce que l'on vient d'endurer en Alvénir, j'espère qu'on va nous offrir au moins vingt ans.

– Comment êtes-vous arrivés ici ? dis-je. Qui vous a fait découvrir Alvénir ?

– Il paraît que j'ai du sang sacré, nous confia la femme.

– Ils disent ça à tous les gens qui arrivent à entrer seuls dans le monde d'Alvénir. Mais c'est faux ! s'indigna Ginger.

La vieille femme trouvait qu'elle avait de la chance. Elle ne comprenait pas la réaction de Ginger.

– Est-ce que vos parents sont nés ici ? s'enquit Ginger.

– Mes parents sont morts depuis longtemps. Je ne saurai donc jamais toute la vérité.

– Ils ne vous manquent pas ? Vous auriez pu demander à les retrouver, suggérai-je.

– Ils seraient si vieux... Ce n'est pas trop grave d'être orphelin à quatre-vingts ans, tu sais. Par contre, c'est pénible de se sentir vieillir. La jeunesse nous manque vraiment.

– Je suppose qu'elle manque à tous ceux qui vieillissent... dis-je. C'est inévitable.

La vieille dame trouvait Dawson a-do-ra-ble. Elle voulut connaître son âge.

– Quarante-deux ans, affirma Ginger très sérieusement.

– A-t-il fait le vœu de retrouver sa jeunesse, lui aussi ? demanda la femme. Il faut faire attention, mon chéri, tu vois ce qu'il risque de nous arriver, recommanda-t-elle ensuite à son mari.

Comme nous attendions le retour de la Grande Chouette, nous eûmes le loisir de discuter quelques instants encore. Je voulais savoir comment ce couple avait opéré pour désarmer le Temps. La femme nous avoua que la tâche avait été facile.

– Le Temps m'a juste demandé de lui raconter des histoires enrichissantes, de lui apprendre des choses. Il m'a dit qu'une jeune fille venait de le divertir ainsi, et qu'il ne voyait pas d'inconvénient à ce qu'on le fasse encore réfléchir de cette façon.

Ginger remarqua fièrement qu'elle était cette jeune fille. Elle fit beaucoup rire la vieille femme lorsqu'elle imita la voix de la créature. Chacun s'amusa à raconter comment il avait calambré et dans quel endroit il avait trouvé sa perle sacrée. Je n'étais pas du tout à la conversation. Je ne pensais qu'à Alonn, à ses yeux que je ne verrais plus, à sa fossette taquine et à ses regards tendres. Comment pouvais-je l'oublier ? Comment pouvais-je accepter que je m'étais trompée si fort à son sujet ?

24

La Grande Chouette réapparut soudain au milieu de son bureau, dans son nuage de papillons verts habituels. Elle était un peu décoiffée, elle suait, elle paraissait épuisée.

– Je n'en peux plus. Tous ces problèmes à gérer aux quatre coins d'Alvénir ! Et encore, ce serait certainement plus simple si ce monde avait des coins… Rappelez-moi où nous en étions, me demanda-t-elle.

– Nous avons trouvé une autre perle et nous sommes arrivés au bout de notre quête, dis-je.

Elle fit sortir le couple et leur demanda de patienter dans le parc.

– Théoriquement, nous n'en avons pas pour longtemps, les rassura-t-elle.

Ginger lui tendit la perle, et la Grande Chouette vérifia sous sa lumière mauve qu'il s'agissait bien, cette fois, d'une véritable pierre sacrée.

– Avez-vous retrouvé le reflet d'Aglaé ? demandai-je.

– Aglaé n'a pas de reflet en Alvénir, semble-t-il, rétorqua-t-elle.

– En tout cas elle n'était pas prisonnière chez les Mogadors non plus. J'ai un ami qui…

– Vous avez un ami chez les Mogadors ? Vous m'inquiétez ! dit la Chouette.

– Mais non, c'est un garçon très bien, un excellent élève en plus. Il habite Extrême Frontière, il connaît tous les bandits du coin.

– Nous aurions besoin d'un homme comme ça ici. Une sorte d'espion négociateur… Vous me donnerez son nom, je le ferai travailler au Palais.

Je souris en pensant qu'ainsi Altman allait enfin pouvoir vivre autre chose loin de chez lui, comme il l'avait souhaité.

Aglaé se réveillait péniblement. Elle dit qu'elle n'était pas transparente et qu'elle ne comprenait pas pourquoi on l'avait cherchée ailleurs, alors qu'elle dormait ici.

En quelques secondes, la Grande Chouette lui rendit la mémoire. Elle la fit entrer dans une sorte de cabine téléphonique, lui posa un casque sur les oreilles et un bandeau sur les yeux, puis l'y enferma.

La cabine se remplit d'une lumière éblouissante. On ne distinguait plus Aglaé. Elle en sortit tout étourdie.

– Je ne me sens pas dans mon assiette, fit-elle en se tenant la tête.

Je reconnus la véritable voix d'Aglaé. Elle s'écroula sur le tapis, inerte.

– C'est normal, dit la Grande Chouette sans même se pencher sur elle. Dans une heure, elle se réveillera en pleine forme.

– Pourriez-vous libérer la sœur d'Aglaé, Eulalie ? demandai-je. C'est elle qu'Aglaé est venue chercher.

La Grande Chouette s'évapora de nouveau et revint avec Eulalie qui pleurait de joie.

– Voilà ! dit la Chouette, qui se dépêchait de régler les problèmes à la chaîne. Il reste deux personnes à satisfaire. Que puis-je faire pour vous ?

– Dawson voudrait retrouver son état normal, répondis-je.

La magicienne nous demanda ses vêtements d'adulte, le prit dans ses bras et s'évapora encore.

– Ne me dites pas qu'elle l'a kidnappé ! lança Ginger.

– Ne me dites pas que ce bébé était Dawson ! s'exclama Eulalie. Ah ! je suis bien contente de retrouver bientôt notre monde. J'en ai assez de toute cette magie. Où est ma sœur ?

Ginger lui indiqua le tapis à l'autre bout de la pièce et lui résuma la situation.

Plusieurs longues minutes passèrent. Eulalie, Ginger et moi attendions en silence. Je serrais les poings et les mâchoires. J'avais peur. Je regardai par la fenêtre. Le couple venait de prendre place sur un banc dans le parc. Je vis des oiseaux se poser sur des branches, des nuages immobiles. Je cherchai Alonn dans le parc, Alonn sur le chemin de galets blancs, Alonn partout. Pourtant ce garçon a un cœur de pierre, me répétai-je, c'était idiot de tomber amoureuse d'un Almour. Un Almour, ce n'est pas un vrai garçon. Je tentais de me rassurer mais je craignais au fond que tous les garçons ne ressemblent à Alonn. Il était mon seul point de comparaison, et cette expérience m'avait bien trop attristée pour que je me risque à tomber de nouveau amoureuse. Et puis, malgré tous ses défauts, j'aimais Alonn plus fort que n'importe qui. Je l'aimais et je le détestais à la fois. Curieusement, l'un n'annulait pas l'autre.

La Grande Chouette revint. Brume glaciale, papillons verts et… Dawson, le vrai, notre Dawson !

– Quelle aventure ! dit-il. Je n'ai rien compris…

– Je vais vous expliquer, lui assurai-je en m'approchant pour lui toucher le bras.

Je voulais être certaine qu'il était bien réel. J'étais heureuse de le retrouver, mais inquiète d'être la prochaine sur la liste de la Grande Chouette.

Aglaé se réveilla bien avant l'heure prévue. Tout le monde la regardait comme un animal de foire. Elle était là, par terre, les cheveux en bataille, l'air hagard. Eulalie se réjouit et la serra contre elle. Dawson, prudent, l'embrassa sur le front. Aglaé nous demanda pardon pour son comportement insupportable.

– Je n'en pouvais plus de me sentir personne, dit-elle. C'est curieux, je me souviens de tout ce que nous avons vécu, mais j'ai l'impression d'avoir été quelqu'un d'autre.

– Vous étiez quelqu'un d'autre, confirma Ginger. Une râleuse pas très commode.

Dawson, qui avait encore des doutes quant à la véritable identité de sa femme, lui posa une série de questions précises qui lui permirent de se rassurer : le prénom de ses parents, la date de leur mariage, la couleur du chapeau qu'elle portait pour la communion d'une certaine Alanis…

La Grande Chouette nous interrompit.

– À ton tour, Joy, dit-elle en classant nos diplômes dans des chemises en carton. Ce sont tes parents qui te manquent, c'est bien ça ?

Je hochai la tête.

– Ils ont disparu en mer. On n'a retrouvé que leur bateau…

– Eh bien, Joy, nous allons tenter de combler ton manque. Donne-moi la main !

Je tendis le bras en tremblant. La Grande Chouette était expéditive et peu rassurante. Elle avait envie de terminer sa journée et semblait bâcler tout ce qu'elle faisait.

– Vous pouvez rentrer chez vous maintenant, je ramènerai Joy dans le bois de l'abbaye plus tard, dit-elle aux trois autres. Bon retour !

Et floff… Elle m'embarqua dans son nuage glacé jusqu'à une petite cabane au milieu de nulle part. Je me dis qu'il s'agissait sans doute de l'île où le bateau de mes parents avait échoué, parce qu'on apercevait des côtes de part et d'autre d'un champ très vert. Elle frappa à la porte et Maman vint nous ouvrir.

– Maman ! m'écriai-je en me jetant dans ses bras.

Elle m'embrassa longuement. Papa la rejoignit. Nous étions tous les trois collés les uns aux autres. J'avais attendu ce moment si longtemps, je n'avais même pas envie de parler. J'étais bien.

– Vous allez revenir à Appleton avec moi, n'est-ce pas ? demandai-je.

– Oh, ma chérie, ma chérie, si c'était possible…

– Mais c'est possible puisque j'ai la foi ! J'ai fait des choses incroyables pour vous retrouver. Grâce à moi, vous pouvez revenir. N'est-ce pas que j'ai mérité leur retour ? demandai-je à la Grande Chouette.

– Tu as retrouvé tes parents parce qu'ils te manquaient, c'est déjà merveilleux.

– Merveilleux ? Vous voulez dire que tout cela n'est qu'un rêve ?

– Ce n'est pas un rêve, corrigea mon père. Nous sommes là pour toi. Nous serons toujours là pour toi. Jamais nous ne t'abandonnerons.

– Mais vous m'avez déjà abandonnée ! rétorquai-je en pleurant.

Je réalisais que ce moment n'allait pas durer et j'aurais sans doute préféré ne jamais le vivre.

– Nous ne serons plus ensemble mais nous penserons à toi ! ajouta mon père.

– J'en ai marre d'entendre cette phrase ! m'offusquai-je. Alonn pensera à moi, vous penserez à moi mais je m'en fiche ! Je veux être avec vous ! Je veux retourner à Appleton, quitter cet horrible orphelinat, retrouver ma famille…

Les yeux de Maman étaient pleins de larmes, Papa regardait la mer pour éviter de pleurer.

– Nous ne pouvons plus revenir… dirent-ils.

– Mais il y a des bateaux, des cars, des calèches, on peut toujours revenir d'une île déserte…

– Nous ne sommes pas sur une île déserte.

– Vous êtes, vous êtes…

Je n'arrivais pas à le dire. Morts. C'était ça, le mot que je ne pouvais pas prononcer. Ils comprirent malgré tout et me serrèrent de nouveau très fort dans leurs bras.

Maman m'offrit une écharpe qu'elle avait tricotée pour moi.

– Tu vois, tu sauras que je suis toujours là quand tu la porteras.

– Mais tu ne seras plus là ! Vous n'êtes plus là. Alors c'est sûr ? Vous êtes… Vous l'êtes pour de vrai ? Je ne suis plus une demi-orpheline. Je suis une vraie orpheline.

– Mais enfin, ma chérie, réfléchis un peu. Aucun mort n'a jamais offert de cadeau à personne. Tu ne seras jamais orpheline. Tu pourras revenir nous voir, dit mon père. N'est-ce pas, madame ? s'assura-t-il auprès de la Grande Chouette.

– Je ferai de mon mieux, mais on n'a rien sans rien. Une petite perle sacrée favorisera sans doute la possibilité d'une rencontre.

– Mais c'est un chantage ! remarquai-je.

– Une leçon de vie, dit la Grande Chouette. On

n'a rien sans rien. Tout est échange et partage. Il faut donner pour qu'on vous donne…

Elle soupira et ajouta :

– Que de banalités et d'évidences ! Malheureusement, le monde est peuplé de gens qui ignorent tout cela.

– J'ai une idée ! m'exclamai-je. Je vais rester avec vous ici. De toute façon je ne manquerai à personne à l'orphelinat. Alonn me l'a fait remarquer. Oui ! Voilà ! C'est décidé, je reste avec vous.

– C'est impossible, soupira mon père.

– Pourquoi ? Décidément, c'est la journée de l'impossible. Tout à l'heure, Alonn m'a dit que ça lui paraissait impossible qu'on se revoie, maintenant vous me dites que c'est impossible que je reste avec vous… Qu'est-ce qui est possible aujourd'hui ? Hein ? Tout accepter et me taire ! J'en ai ASSEZ ! Je resterai là si j'ai envie et j'ai envie d'être avec vous. Vous m'avez tellement manqué. J'étais certaine que je vous retrouverais. J'ai rêvé de cet instant tous les soirs depuis votre disparition, et vous voudriez disparaître de nouveau ? Mais vous n'avez donc pas de cœur, vous non plus ? Où sont passés votre douceur, votre affection, votre amour ?

Maman ne s'arrêtait plus de pleurer. Papa nous tapotait le dos pour nous réconforter.

– Qui est cet Alonn dont tu nous parles tant ? demanda-t-il.

– Une illusion comme vous, répondis-je.

La Grande Chouette s'impatientait.

– J'ai encore deux dossiers à traiter et des tas de choses à faire. Il va falloir y aller.

– Non, je reste ici, dis-je en m'asseyant par terre, dans l'herbe devant la cabane.

– Qu'est-ce que c'est que ce caprice d'enfant ? demanda la Grande Chouette.

– Un caprice d'enfant ! Après tout, je suis une enfant, non ?

– Que tu le veuilles ou non, je te ramènerai à l'orphelinat.

– Je n'ai donc aucun pouvoir ?

– C'est un point de vue, dit la Chouette. Allez, allez, embrasse tes parents et allons-y.

Elle essaya de me relever mais je restai ancrée par terre, furieuse, perdue, déçue.

– Alors maintenant, je pourrai dire : « Mes parents sont morts. » Tu parles d'une découverte ! Ça valait vraiment le coup de défier Chronos, les Mogadors, de traverser l'orage, de geler sous la neige, de supporter Aglaé, d'avoir faim, soif et sommeil, de faire des kilomètres à travers les plaines d'Alvénir… J'ai fait tout ça pour quoi ? Pour apprendre que vous ne reviendriez jamais. C'est nul ! C'est absurde ! La vie est absurde ! L'espoir fait mourir. Les efforts ne mènent à rien, je vous déteste et je préférerais être morte, moi aussi.

– Ne dis pas ça, Joy. Tu peux compter sur nous. Tu sentiras notre présence bien plus souvent. Jusqu'ici, nous ne voulions pas te faire peur, expliqua mon père.

– Vous viendrez me voir ?

– D'une certaine façon, oui. Tu sauras que nous sommes là. Tu verras.

– Mais oui, précisa la Grande Chouette, il faut bien te dire que nous n'existons tous que « d'une certaine façon ». Disons que désormais tu auras tes parents à tes côtés d'une autre façon. Il vaut mieux ça que le doute, tu ne crois pas ? Tu en avais assez d'espérer, eh bien, tu n'espéreras plus puisque tu sauras qu'ils sont là, tout près de toi… « D'une certaine façon. »

J'aurais aimé passer encore des heures avec mes parents, leur raconter ma vie à l'orphelinat, la méchanceté des sœurs, la gentillesse d'Aglaé, de Dawson et de mes amies. J'aurais voulu savoir ce qu'ils faisaient de leurs journées dans cette cabane perdue au milieu d'un océan, comprendre comment

Maman avait pu me tricoter une écharpe, comment la Grande Chouette les avait retrouvés, poser des milliers de questions, rattraper le temps perdu, leur dire encore que je les aimais, qu'ils me manqueraient toujours. J'aurais voulu tout ça, mais je ne décidais rien. On ne décide jamais rien. C'était peut-être la leçon à retenir de ce périple. Une leçon qui ne me plaisait pas.

La Grande Chouette me prit par la main et nous atterrîmes dans un brouillard froid de papillons, à l'orée du bois de l'abbaye.

– On m'avait dit que tout se finissait toujours bien dans le monde d'Alvénir, dis-je tristement.

– Ça ne finit pas mal en tout cas, répondit la Grande Chouette avant de disparaître.

25

– Joy ! hurla Ginger qui courut à ma rencontre. Joy ! Tu les as retrouvés.

– Ils sont morts, répondis-je.

– Pour de vrai ?

– Je me pose la même question. Ils sont morts, mais ma mère m'a tricoté ça, dis-je en lui montrant mon écharpe.

– Ah oui ! Ils sont juste un peu morts alors. C'est pas si mal…

Ginger m'engagea à presser le pas.

– Joy, c'est affreux. L'orphelinat… On ne comprend rien… Il s'est passé quelque chose d'horrible en notre absence.

J'observais la roseraie, toujours aussi belle et odorante. Le potager me parut cependant fort mal entretenu par Sir de Grevelin. Du temps de Dawson, les légumes poussaient nombreux, colorés et dodus dans des sillons parfaits et sans cailloux. Là, s'étendait dorénavant un carré de terre où quelques herbes folles s'entremêlaient avec des légumes disparates.

– Le nouveau jardinier ne fait pas bien son travail effectivement, dis-je.

– Il ne s'agit pas de ça, répondit Ginger. Attends-toi au pire. Tu vas être surprise.

Ginger reprit ses habituels sauts de kangourou et me devança dans l'allée. Je pressai le pas derrière elle. J'avais presque hâte de découvrir ce « pire » qu'elle venait d'évoquer. Curieuse curiosité. Curiosité malsaine. Comment pouvons-nous ainsi parfois être pressés de découvrir le mal qu'on nous annonce ?

– Ça ne fait pas trop peur quand même ? demandai-je.

– C'est bizarre et plutôt inquiétant, tu verras...

Nous ne pûmes pénétrer dans l'orphelinat par la porte-fenêtre située à l'arrière du manoir, celle par laquelle nous étions passés lors de nos dernières virées dans le monde d'Alvénir. Le manoir était fermé. Les volets étaient fermés, les portes arrière fermées à clef.

– Pourquoi les sœurs ont-elles condamné cet accès ? demandai-je.

– Attends-toi au pire, répéta Ginger. Devant, c'est la même chose.

Nous contournâmes le bâtiment par la gauche pour rejoindre Dawson, Aglaé et Eulalie qui nous attendaient sur le perron, sous la gargouille du Diable Vert. Le manoir semblait désaffecté. On aurait cru que tout le monde était parti pour de longues vacances.

– Où sont Margarita et les autres ? demandai-je à Ginger.

– On ne sait pas. Je t'ai dit, c'est incompréhensible… m'expliqua-t-elle.

Dawson me serra dans ses bras :

– Au moins, toi tu es revenue ! Ouf ! Tu as vu tes parents ?

– Ils sont morts, répétai-je. Enfin ils sont un peu morts… enfin… ma mère m'a tricoté une écharpe quand même.

Dawson ne comprenait rien, et d'ailleurs moi non plus je ne comprenais rien.

J'étais toujours aussi perdue. En plus, je m'étais fait une joie à l'idée de retrouver Margarita, Prudence, Hope et June, mais personne n'était là pour nous accueillir, et l'ambiance curieuse et angoissante qui régnait sur l'orphelinat noircissait encore plus mes pensées.

– Pourquoi tout est fermé ? demandai-je. Où sont les sœurs ? Où sont les filles ?

– Nous n'en savons rien, dit Aglaé. C'est comme si tout le monde était parti de façon précipitée.

– Dans ce cas, on ne ferme pas tous les volets, constata Eulalie.

– Peut-être que l'archevêque de Milbury les a conviées à déjeuner, proposa Aglaé.

– En général, les orphelines ne sont pas invitées là-bas, remarquai-je.

Dawson nous proposa de marcher vers l'abbaye. Le jardin n'avait plus aucune couleur, le ciel était très bas, le sol humide et boueux.

– Pourvu qu'elles soient toutes à la messe, dit Dawson. Ce n'est pas vraiment l'heure, mais on ne sait jamais.

Sur le chemin, je fis remarquer à Ginger que mon aventure dans le monde d'Alvénir ne s'était pas bien terminée et que cela allait contre sa théorie de la « fin idéale ».

– Tu as revu tes parents, n'est-ce pas ? Eulalie est revenue… Moi je trouve qu'on a réussi notre mission.

– Si tu ne retrouvais tes parents que pendant cinq minutes après plusieurs jours pénibles de froid, d'orage et de dangers, tu ne serais sans doute pas plus satisfaite que moi, dis-je. Nous avons tous payé très cher pour ces retrouvailles décevantes.

– Tu changeras d'avis. Tout ce que nous avons vécu nous sera profitable un jour. C'est ton ami Alonn qui l'a dit, et je le crois parce que ma voix m'a indiqué la même chose.

À cause de cette même voix, nous avions risqué nos vies en Alvénir. C'était elle qui m'avait prédit que je retrouverais ce qu'il me manquait... Je ne remerciais pas la voix. Et Alonn n'était pas mon ami, mais juste un affreux garçon sans cœur.

– Peut-être, mais il a de très beaux yeux quand même, dit Ginger en esquissant un sourire.

– Je me suis trompée sur toute la ligne à son sujet. Ce voyage était le voyage des désillusions... dis-je.

– Tu as grandi, c'est tout. Moi, ça fait longtemps que j'ai grandi et que je ne me fais plus d'illusions. Je sais que la vie n'est jamais comme on l'attend. C'est pour ça que j'aimais bien toutes ces choses prévues dans le monde d'Alvénir. Je trouvais ça rassurant de savoir que nous ne risquions rien.

Elle me prit la main pour me faire comprendre qu'on était semblables désormais.

Dawson ouvrit la porte grinçante de l'abbaye et poussa un cri de soulagement.

Elles étaient toutes là, les sœurs, les filles, assises sur les chaises de l'église. Personne ne disait la messe, personne n'officiait. Je repérai Margarita et me précipitai vers elle. Aucun visage ne se tourna vers nous. Toutes les filles regardaient droit devant elles, fixement.

Je secouai le bras de Margarita.

– Eh ! Oh ! nous sommes revenus.

Elle ne réagit pas. Son regard restait inexpressif. Elle se mit à fredonner un air lent et triste. Les autres l'imitèrent. Un bourdonnement de voix envahit l'église. Mon sang se glaça.

– Mais… mais… Ginger, tu entends ! C'est ta chanson latine ! m'exclamai-je.

– Je ne sais pas, je ne l'ai jamais entendue. C'est vous qui entendez le fantôme, pas moi, répondit-elle.

– Pourquoi tu l'appelles le fantôme ?

– Ma voix intérieure dit que c'est un fantôme mais je n'en sais pas plus. Je ne peux pas poser de questions à ma voix.

Ginger ne semblait pas perturbée par ces chants. Moi j'essayais de donner un sens à tout ce qui arrivait. N'était-ce pas ridicule ? Aglaé avait probablement dit vrai lorsque nous étions sur la scène du théâtre d'Alpagos, il s'agissait d'un mauvais rêve. J'avais cependant du mal à situer le début de ce cauchemar. Plus je remontais dans le temps, plus je me disais que le cauchemar avait commencé il y a longtemps… il y a six ans sans doute. Ma vie avant la disparition de mes parents me paraissait pleine d'une belle réalité que je ne retrouvais plus depuis.

Dawson et Aglaé, de l'autre côté de l'abbatiale, pointèrent Ginger du doigt pour signifier qu'ils avaient eux aussi reconnu la chanson de Ginger.

Je secouai Margarita en vain.

– Margarita ! Margarita ! Bon sang ! Arrête de chanter !

June et Hope ne nous accueillirent pas davantage.

Prudence, elle, demeurait introuvable.

Eulalie s'assit à côté de Hope. Elle lui tenait la main.

– Dis-moi ce qui est arrivé ici, dis-le-moi ! la suppliait-elle.

Mais Hope fredonnait le même air triste que les autres. Aucune bougie n'était allumée dans l'église. Les vitraux avaient été recouverts de grands pans de tissu gris. On aurait pu penser que l'édifice était en réparation.

Dawson passa dans les rangs pour tenter d'engager la conversation, mais personne ne lui adressa la parole. Les mains d'Ethelred et d'Alarice étaient sales, les cheveux des orphelines pas coiffés, leurs vêtements froissés et poussiéreux.

Il se plaça derrière l'autel et s'adressa à toutes ces femmes qu'il connaissait déjà.

– Qui peut m'expliquer ce qu'il se passe ici ?

Personne ne répondit. Il demanda :

– Quelqu'un sait-il où se trouve Prudence ?

Silence.

Dawson remarqua également l'absence de Sir de Grevelin. Il fila chez lui en espérant que le nouveau jardinier saurait nous expliquer ce qui arrivait, mais les portes et les volets de la maison étaient aussi fermés, et l'homme ne répondit pas aux coups insistants que Dawson donnait sur la porte.

J'étais revenue m'asseoir à côté de Margarita. Je lui racontais notre voyage. Elle n'avait pas daigné tourner les yeux vers moi. Je n'existais même plus. Elle existait à peine.

– Tu ne trouves pas qu'elles ressemblent à Prudence lorsqu'elle avait été brûlée par le Diable Vert ? me dit Ginger.

Eulalie se mit alors à relever les manches de toutes les pensionnaires à la recherche d'une brûlure ou d'une marque, mais l'absence de ce que nous cherchions nous rendit encore plus inquiets.

Tous les habitants de l'abbaye semblaient possédés.

J'avais beau douter de la réalité de ce que nous vivions, curieusement, je ressentais une certaine sérénité. Peut-être était-ce justement dû au fait qu'il était impensable de ne jamais sortir d'un cauchemar. Les rêves de toute sorte avaient forcément une fin, et l'assurance d'un retour à la normale m'apaisait, au fond. Je me sentais protégée, rassurée. J'avais envie d'aider les autres, mais je ne craignais plus rien, comme si j'avais confiance, comme si j'étais plus forte désormais.

INDEX

Les orphelines

Joy MacInley, douze ans, 1,55 mètre, 45 kilos.

Joy a connu des années de grand bonheur, entourée d'un père et d'une mère tendres et généreux. Elle habitait une belle maison, dans le Finnsbyshire, que ses parents louaient au frère de Lady Bartropp. Ses parents ont disparu lors d'un voyage en bateau. On a retrouvé leur voilier près de l'île d'Elm. Sans famille proche, Joy a été placée à l'orphelinat d'Abbey Road lorsqu'elle avait six ans. Joy croit très fort au retour de ses parents. Elle se considère comme une semi-orpheline et s'estime donc différente des autres pensionnaires.

La meilleure amie de Joy est Margarita Von Straten, qu'elle trouve audacieuse et aventurière. June, Prudence, Hope et Ginger sont aussi de très bonnes amies de Joy.

Joy a un ours en peluche appelé Smile. Elle a beau sembler timide et réservée, elle n'a pas hésité à prendre beaucoup de risques pour sauver Prudence de l'emprise du Diable Vert. Seules les jumelles Louise et Jessalyn, surnommées Louiséjessalyn, ne lui inspirent aucune amitié.

Joy a acquis beaucoup d'assurance lors de ses premiers voyages en Alvénir. Elle sent qu'elle a grandi.

Margarita Von Straten, quatorze ans, née le 14 décembre, est petite et maigre, avec de longs cheveux blond vénitien.

Margarita adore lire. Les sœurs disent qu'elle est « une véritable encyclopédie ». Sérieuse et réfléchie, elle aime aussi apprendre des choses à ses amies. Elle ne croit pas en Dieu.

Elle est la première à s'être aventurée dans les sous-sols de l'abbaye.

Elle est ensuite descendue avec ses amies dans les souterrains du Diable Vert. Elle rêve de pouvoir arpenter le monde d'Alvénir, mais Ginger lui en refuse l'accès.

Margarita a découvert à la fin du tome 1 que ses parents étaient Dawson et Lady Bartropp, sa tante étant Eulalie. Elle a donc quitté l'orphelinat pour habiter au château de Sulham.

Ginger, dix ans, a la peau caramel, les yeux noirs, légèrement bridés, les cheveux auburn. Elle a des origines étrangères que Louiséjessalyn appelle « des origines étranges ». Sa mère venait d'une petite île perdue dans un océan. Ses parents sont morts lors d'un tremblement de terre. Elle a survécu au drame en se réfugiant sous une table, mais elle répète souvent qu'elle aurait préféré mourir avec ses parents.

Les sœurs disent qu'elle est dérangée parce qu'elle ne tient jamais en place. En fait, Ginger a des pouvoirs surnaturels. Elle entend une voix intérieure qui la guide. Elle est également suivie par une voix qu'elle n'entend pas et qui chante toujours la même chanson latine. Ginger pense qu'il s'agit d'un fantôme.

Ginger est la seule à pouvoir entrer et faire entrer ses amis dans le monde d'Alvénir. En sa présence, le petit bois situé derrière le potager de l'orphelinat se transforme en un monde parallèle : le monde d'Alvénir. Grâce à elle, Prudence a pu être sauvée, car les brûlures et le mauvais sort du Diable Vert ne peuvent disparaître qu'au contact de l'eau de la source d'Alvénir.

Prudence, douze ans.

Elle est bavarde, joyeuse en toutes circonstances, et aime attirer l'attention. Prudence ne sait rien garder pour elle. Elle est directe et curieuse de tout, un peu trop curieuse d'ailleurs… Prudence est arrivée à l'orphelinat lorsqu'elle avait quelques jours. Sa mère l'avait déposée dans un couffin devant la porte de l'abbaye. Elle est assez proche de Margarita, qui, comme elle, a été accueillie par les sœurs quelques jours après sa naissance.

La curiosité de Prudence l'a entraînée dans les appartements du Diable Vert. Elle a failli y perdre la vie. Elle a survécu grâce à ses amies qui ont bravé les interdits et rapporté d'Alvénir un flacon d'eau magique pour la sauver.

June, douze ans environ, est la grande amie de toutes les orphelines. Elle préfère les filles aux garçons qu'elle trouve inintéressants (en fait, elle n'en a jamais rencontré, à part quelques chanteurs de la chorale). Elle est orpheline, bien que ses parents soient encore en vie. Ils ont été destitués de leurs droits parentaux pour maltraitance. Dès son plus jeune âge, June a porté des fagots de bois et a nettoyé les écuries. Elle a été placée à l'orphelinat à sept ans et s'en réjouit. Pour la première fois de sa vie, elle a pu manger à sa faim et dormir dans un lit. June est enthousiaste et toujours positive. Pour elle, rien ne peut être pire que la vie vécue auprès de ses parents.

June essaie toujours de tempérer ses amies et de voir le bon côté des choses. Elle a accompagné Joy, Margarita et Hope dans les souterrains du Diable Vert. Elle a aussi ramené la chatte Alsima dans ses bras jusqu'à l'orphelinat, mais elle n'a jamais pu entrer dans le monde d'Alvénir.

Louise et Jessalyn (dites Louiséjessalyn), douze ans. Ces jumelles se sont construit un monde à elles et ont grandi à l'orphelinat, sans rechercher la compagnie des autres pensionnaires.

Elles parlent leur propre langage et forment un tout, un être double asocial et froid, surnommé par les autres pensionnaires : Louiséjessalyn. Elles parlent un dialecte « gémellique » compris d'elles seules.

Elles œuvrent sans cesse pour faire punir les autres. Elles sont menteuses, opportunistes et assez tristes. Elles voudraient bien comprendre ce qui occupe Joy et ses amies, mais personne ne se risquerait à leur confier un secret.

Hope, sept ans, est la plus jeune du dortoir.

Ses parents sont morts d'une mauvaise grippe lorsqu'elle avait six ans. Elle ne se console pas de leur disparition et pleure souvent. Anxieuse, elle cherche du réconfort chez les plus grandes. Elle est assez gaffeuse, mais solidaire du reste du groupe. D'ailleurs, malgré son jeune âge, elle s'est vite fait accepter dans le groupe de Joy, Margarita, June et Prudence.

*
* *

Les sœurs

Sœur Alarice, quarante ans, mère supérieure. Dure et sévère, elle fait parfois preuve de bonté. Elle est crainte des autres sœurs et des orphelines.

Avec une certaine hypocrisie, elle se plie ou fait semblant de se plier aux exigences de Lady Bartropp, qui finance l'abbaye et l'orphelinat.

Sœur Ethelred

Elle surveille le dortoir et s'occupe la plupart du temps des orphelines. Méchante et autoritaire, elle distribue des punitions à longueur de journée et semble avoir exclu toute notion de bonheur et de plaisir de son existence.

Elle méprise les enfants, qu'elle considère comme des êtres humains inachevés. Elle ne leur laisse aucune liberté.

Elle a un faible pour l'archevêque de Milbury, monseigneur Paine.

Sœur Eulalie

C'est la sœur de Lady Bartropp. Elle ne fait pas partie de la congrégation des Sœurs de la Joie, mais Lady Bartropp lui a demandé de s'occuper de Prudence parce que les sœurs de l'orphelinat la laissaient mourir.

Eulalie est une jeune femme sympathique, altruiste, dévouée, amusante. Elle aime beaucoup les enfants et les histoires de fées. Elle rêve d'aventure. Pour cette raison, elle s'est risquée en Alvénir et s'est fait kidnapper par la Grande Chouette.

*
* *

Les autres personnages

Lady Bartropp a une quarantaine d'années et le visage fin et pointu. C'est une femme élégante en toutes circonstances et très attentionnée.

Dans le Finnsbyshire, tout appartient aux Bartropp, une famille de nobles, orfèvres de père en fils. Lady Bartropp a offert le Green Devil's Manor à la congrégation des Sœurs de la Joie qui résidaient dans l'abbaye voisine afin qu'elles y ouvrent un orphelinat. L'orphelinat et l'abbaye sont financés par les dons de Lady Bartropp. Elle a longtemps vécu sans mari, sans enfant, mais entourée de domestiques, au château de Sulham, à quelques miles de la petite ville d'Appleton. Elle a dû attendre la mort de ses parents pour pouvoir officialiser sa liaison avec Dawson, le jardinier, avec qui elle avait eu une fille quatorze ans plus tôt, Margarita. L'orphelinat a surtout été créé pour que Lady Bartropp puisse voir grandir sa fille et que son père, Dawson, puisse s'occuper d'elle. À la fin du tome 1, Lady Bartropp a appris à Margarita qu'elle était sa mère.

Dawson Von Straten a une quarantaine d'années, les cheveux roux foncé, les yeux bleu turquoise légèrement enfoncés. Sa bouche fine dévoile de temps en temps un sourire très blanc et une incisive à peine cassée sur la mâchoire supérieure. Grand et mince, il a une silhouette d'aristocrate. Il fume la pipe (le même tabac que celui du père de Joy). Dawson est la seule présence masculine rassurante dans l'entourage des orphelines.

Il y a quatorze ans, il était employé au château de Sulham (domaine de la famille Bartropp). Ensuite il a pris la place de jardinier de l'abbaye pour pouvoir veiller discrètement et secrètement sur sa fille Margarita.

Dans le tome 1, Dawson s'est marié à Lady Bartropp avec qui il entretenait une relation amoureuse secrète depuis plus de quatorze ans. Margarita a appris que Dawson était son père.

La Grande Chouette d'Alvénir

Contrairement à ce que son nom pourrait laisser croire, elle n'apparaît pas sous la forme d'un volatile, mais sous celle d'une femme élégante, habillée d'un costume masculin. Elle est très autoritaire et a la fâcheuse manie de kidnapper les visiteurs d'Alvénir pour enrichir ses connaissances. Elle a enlevé Eulalie, la sœur de Lady Bartropp, afin de comprendre la notion de bonheur dont elle n'avait jamais entendu parler. Pour elle, « les enfants sont les voix que les adultes devraient toujours écouter ».

Sa voix à elle est très douce. Ses apparitions sont toujours précédées d'un brouillard dense. L'air devient glacé. Des centaines de papillons verts surgissent du centre du nuage. Elle se téléporte ainsi où elle veut. Lorsqu'elle disparaît, les papillons deviennent des flocons de neige qui fondent sur le sol.

Le Diable Vert

Il est bossu et a un visage effrayant. Il ne supporte pas la lumière et il mourrait s'il regardait la lumière du soleil.

Il a été banni d'Alvénir suite à la révolte des Mogadors (dont on ne sait pas grand-chose). Il veut faire le mal à tout prix.

Il attend ses proies dans l'obscurité de ses souterrains et sort la nuit pour voler de la nourriture dans la cuisine et le potager de l'abbaye. En Alvénir, c'est la source qui donne de l'énergie aux êtres vivants, mais sur terre, le Diable Vert privé de cette eau bienfaitrice doit voler de l'énergie vitale aux êtres humains pour survivre. Pour qu'une proie lui appartienne, il la brûle du bout de son doigt. L'énergie de la victime disparaît, tandis que le Diable Vert, lui, reprend des forces. Depuis plusieurs siècles, cette créature a anéanti diverses personnes à l'abbaye : un prêtre alcoolique, un jardinier curieux, un membre de la famille Bartropp… Prudence, elle, a été sauvée grâce à la volonté de ses amies.

Alsima

Princesse des Portes du temps, fille d'Alvirapami, roi du vent et d'Altenhata, reine des heures et du temps qui passe.

Elle a été enlevée par le Diable Vert il y a plus de deux siècles lorsqu'il a été banni d'Alvénir. Elle était sa prisonnière et vivait dans les souterrains de l'abbaye.

La Grande Chouette a promis de l'eau de la source bienfaitrice aux orphelines si elles ramenaient Alsima en Alvénir, car seule Alsima peut ouvrir les Portes du temps. Grâce à Ginger et Joy, Alsima veille donc de nouveau sur les Portes du temps.

Alfébor

Ce hibou presque jaune a des yeux ressemblant à des pierres précieuses. Il est le gardien de la source. Il n'autorise pas les visiteurs extérieurs à prendre plus d'une carafe d'eau par demi-siècle. Alfébor est bourru et rouspéteur. Il trouve toutes les questions ridicules et refuse d'y répondre.

*
* *

Les lieux

Le manoir du Diable Vert, dit l'orphelinat d'Abbey Road.

Il y a quelques années, cette demeure s'appelait encore « The Green Devil's Manor », à cause d'une gargouille épouvantable accueillant les visiteurs au-dessus du perron. Mais lorsque Lady Bartropp a offert cette demeure à la congrégation des Sœurs de la Joie qui résidaient dans l'abbaye voisine, ces dernières ont évidemment préféré la rebaptiser du nom de la rue dans laquelle elle trônait depuis plus de trois siècles. Le manoir est situé à une centaine de mètres de l'abbaye. Une grande pelouse sépare les deux bâtiments. La maison du jardinier est située en face du manoir, de l'autre côté de la pelouse. Le dortoir des orphelines est l'ancienne salle de bal du manoir. À l'arrière de la demeure se trouve le potager, séparé du chemin par une roseraie. Derrière encore, le petit bois de l'abbaye, qui, en présence de Ginger, se transforme en Alvénir.

Le monde d'Alvénir

C'est le pays de ce qui nous manque. Ginger, grâce à ses curieux pouvoirs, parvient à entrer et à faire entrer son entourage dans le monde d'Alvénir. La Grande Chouette règne sur Alvénir. Alfébor, le hibou, est, pour sa part, le gardien de la source.

En Alvénir, il n'existe pas de punition ni de sanction, car personne ne transgresse les lois.

L'abbatiale

Cette grande église est située à une centaine de mètres de l'orphelinat, sous laquelle se trouvent une crypte et des souterrains.

C'est en voulant se cacher dans l'abbatiale pour éviter la visite médicale que Margarita a découvert la demeure du Diable Vert. On sait maintenant qu'il existe deux accès menant à ses appartements : une porte donnant dans la crypte et une trappe située sous l'autel de l'abbatiale.

C'est également sous l'autel que Joy a découvert un manuscrit magique qui lui a donné les clefs pour pouvoir guérir Prudence.

Vous lirez la suite de cette histoire dans le tome 3 des Orphelines d'Abbey Road :

Les lumières du passé

Du même auteur à *l'école des loisirs*

Les orphelines d'Abbey Road
tome 1. *Le Diable Vert*

Collection NEUF
Le paradis d'en bas (tomes 1, 2 et 3)
Le poisson qui souriait
J'ai eu des ailes
Le petit prince noir et les 1 213 moutons
Réservé à ceux
Mon sorcier bien-aimé
Mauvais élève
Les zinzins de l'assiette
La question qui tue
Ma grand-mère m'a mordu

Collection MÉDIUM
L'autre
La question des Mughdis
Les aventures d'Olsen Petersen
tome 1. *Neuf*
tome 2. *J'ai été vieux*
tome 3. *Mais où étiez-vous, Petersen ?*
Puisque nous sommes toi
C'est l'aventure ! (recueil de nouvelles collectif)
Il était une fois dans l'Est

www.audren.com

Cet ouvrage a été achevé d'imprimer
sur Roto-Page
par l'Imprimerie Floch à Mayenne
en février 2013

N° d'impression : 84219
Imprimé en France